平凡な令嬢
エリス・ラースの日常
The Everyday Life of
an Ordinary Lady Ellis Lars

主な登場人物
ハル・イジー
イジー子爵家長男。エリスの専属執事で、高位冒険者クラスの実力を持つ。エリスに忠実な狂犬。エリスに近寄る者には容赦がない。
エリス・ラース
ラース侯爵家長女。学園の２年生。大人しく、成績は中ぐらいで、身長は平均的。害のない平凡な令嬢。……というのが、表向きの顔。彼女には、「本当の顔」があるようで……？
エリフィス
魔法省の副長官。孤児だったが、エリスに拾われる。エリスの魔道具開発の助手も務めており、エリスに絶対の忠誠を誓っている。

ブレイン・ロメオ
ロメオ王国王太子。優秀で穏やかだが、自分の力を過信し、やや傲慢なところがある。
ラブ・イジー
イジー子爵家長女。魔術師。ハルの妹で、ダフとは双子。エリスの侍女。
ダフ・イジー
イジー子爵家の次男。剣士。ハルの弟で、ラブとは双子。エリスの護衛候補。

Contents

平凡な令嬢エリス・ラースの日常

The Everyday Life of an Ordinary Lady Ellis Lars

まゆらん

イラスト
羽公

1部　平凡な令嬢　エリス・ラースの日常

1章　平凡な令嬢

エリス・ラースは平凡な令嬢である。

栗色の髪と茶色の瞳。可愛らしい顔立ちだが、取り立てて人目を惹《ひ》くほどではない。目立たず、磨《みが》けば光るというわけでもなく、侯爵家の令嬢らしく、きちんと着飾ると普通に可愛い。その辺にいる令嬢の1人である。

性格はやや内気だが、学園内に似たような性格の大人しめの友人が数人いるし、皆から嫌われている事も、特別に好かれている事もない。成績は中ぐらい。少しだけ魔術と算学が苦手。背は高からず低からず、平均的。

同じ学年の王太子殿下に密《ひそ》かに憧《あこが》れているが、王太子妃候補になれるほど家格は高くなく、素敵な殿下との恋を夢見るだけで、本人も自分の立場はちゃんと理解している。殿下と廊下ですれ違えば顔を赤らめ、友人たちとキャッキャするぐらいの、害のない令嬢だ。

ラース家の地位は、侯爵の中で真ん中ぐらい。エリスの父、ラース侯爵は王宮に勤めているがほどほどの役職だし、兄のハリーも地位は父と似たり寄ったりだ。母は中堅の伯爵家の出だし、幼馴染みの父とそのまま結婚したという、よくある縁組だ。

エリスについて、少し目立つ事といえば、侍従と侍女がそっくりな顔をした男女の双子で、侍従のダフ・イジーは14歳にして学園で上位の剣の使い手であり、侍女のラブ・イジーは魔術師として優秀な成績を修めている。彼らの兄でエリスの専属執事を務めるハル・イジーは、剣も魔術も一流だが、よその家からの条件のいい引き抜き話にも全く靡《なび》かない、稀《まれ》に見る忠義者と言われている。ラース家に仕える者たちは、イジー家に限らず、皆、一様に忠義に篤《あつ》い。これはラース家の面々が穏やかで、使用人たちを常に思いやり、大事にしているからだと評判だった。

使用人たちが優秀である以外は、ラース家で特に目立つ事はない。彼らは平凡ながらも、日々の勤めをこなす、善良な貴族であった。

「オーウェン様。そこは貴女《あなた》の席ではないわ。どいてくださらないかしら？　殿下のお側《そば》に侍《はべ》るのは私だけと決まっているのよ」

トレス侯爵家の薔薇《ばら》と称《たた》えられるローズ嬢が、ブレイン王太子殿下の右隣で威嚇《いかく》する。

「あら。貴女こそお席を移られてはいかがかしら？　私が先に座っていたのよ？　あとからいらしてそこをどけだなんて、おかしな話だわ」

オーウェン侯爵家の百合《ゆり》と称えられるリリー嬢が、ブレイン殿下の左隣で軽やかにやり返す。

「トレス嬢、オーウェン嬢、皆が楽しむ茶会だよ？」

社交界の華《はな》に挟《はさ》まれたブレイン殿下は、その煌《きら》びやかなご尊顔に困ったような笑みを浮かべ、2人の令嬢を柔らかく窘《たしな》める。令嬢たちはホホホと笑みを交わし、大人しく殿下の両側に腰を落ち着けた。声を荒げる事もない定例のやり取りのあとは、穏やかなお茶会が始まる。

ブレイン殿下の卓は、本人の美貌と彼を取り巻く麗《うるわ》しい令嬢たちにより別世界のような華やかさだ。その他大勢の生徒たちは、遠巻きに見惚《みと》れては溜息《ためいき》を吐《つ》いた。

「なんだか羨《うらや》ましい争いだな」

「馬鹿ね。どこが羨ましいのよ。ドロドロした恐ろしい女の戦いじゃない」

王太子たちからかなり離れ、周りの風景に見事に溶け込んだエリス・ラース嬢の卓では、侍従のダフと侍女のラブが甲斐甲斐《かいがい》しくエリスの世話を焼きながら、いつもの軽い口喧嘩《くちげんか》をしていた。もちろん優秀な2人だから、不敬と取られそうな会話が他の卓に漏《も》れるようなヘマはしない。主人であるエリスには聞こえているが、彼女は2人を窘める事もなく、周囲と同じように憧れの視線を王太子の卓に向けている。

「しかし、王太子殿下は、なんでさっさと婚約者を決めないのかなぁ？　あの2人の令嬢のどちらかになるんだろ？」

ダフはピシリと姿勢よく、辺りを見回しながら呟《つぶや》く。優れた剣の使い手であるダフは、エリスの護衛も兼ねているため、生徒でありながら学園内で帯剣を許されている。そのような生徒は、ダフの他に数名しかいない。

「どちらも性格に難があるからよ。トレス嬢は派手で勝ち気、オーウェン嬢は冷徹で高慢。あの2人、足して2で割って百倍ぐらい薄めないと、王太子妃としてはアクが強すぎるのよ」

ラブは軽やかに魔術を操ってポットの湯を温《あたた》め、エリスのために最高の紅茶を淹《い》れる。茶葉は気候やエリスの体調に合わせて変えている。エリスはラブの淹れた紅茶に、フワリと柔らかな笑みを浮かべた。

「へぇ。綺麗《きれい》なだけで頭は空っぽの尻軽《しりがる》だと思ってたけど、性格まで悪かったのか」

ダフはキリリとした顔のまま、毒を吐《は》く。片割れの言葉に、ラブは眉を上げた。

「また誘われたの？　どっちに？」

「どっちもだよ。トレスからは屋敷で開く小規模な茶会、オーウェンからは父親が開く狩りの集まりに。どっちも猫撫《な》で声で誘ってきて、香水臭《くさ》くて死ぬかと思った。お嬢の護衛があるからって断ったけど、お嬢や旦那《だんな》様が誘いを受けてないのに行くはずないだろうって、なんで理解できないのかな？」

ダフの率直な疑問に軽く笑いながら、ラブは返す。

「さっきあんたが言ってた通りよ。頭が空っぽだからよ」

「あー」

スコンと納得して、ダフは深く頷《うなず》いた。

そんな会話を聞いていたのかいないのか、エリスがほぅっと溜息を吐いた。その途端《とたん》、忠実なる侍従と侍女は、全身全霊をエリスに向ける。

「ねぇ、ラブ？　トレス様が使ってらっしゃる髪油は、とても艶々《つやつや》になるんですって。どこの商品をお使いになられているのかしら？　それから、オーウェン様が殿下にお勧《すす》めしていた紅茶は、香りがとてもいいそうよ？　飲んでみたいわね」

「ハイ、エリス様！　すぐにお調べ致します」

「僕も、トレス様とオーウェン様の侍従に、それとなく聞いてみます！」

「まぁ、ダフ。わたくし、はしたなく思われないかしら？　お二人のお使いになっているものを知りたいだなんて」

ほんのりと頬《ほお》を染めるエリスに、ダフはニコリと微笑む。

「そんな、エリス様に限ってそのような事はありません！　大丈夫です、上手く聞き出してみせますのでご安心ください」

ダフが頼もしく請け負うと、エリスは恥ずかしそうに顔を覆《おお》い、お願いね、と小さく呟いた。

「ダフ・イジー、それに、ラブ・イジー。こんなところにいたのか」

そこに麗しい声がかかる。ダフとラブが振り返ると、いつの間にかブレイン殿下とその側近である魔術師団長の息子ライト・リベラル、騎士団長の息子マックス・ウォードが立っていた。

学園内の人気を独占する3人が揃《そろ》っているのを見て、周りの卓の令嬢たちから声にならない歓喜の悲鳴が上がる。

ダフとラブは慌《あわ》てて礼を執《と》り、エリスも立ち上がって淑女の礼を執る。格別美しい所作というわけでもない、平凡な礼だ。

「学園内は平等だ。皆、楽にしてくれ。ラース嬢、いい知らせがある。君の侍従と侍女に、次回の課外実習へ参加の許可が出た」

ブレイン殿下の言葉に、エリスは、まぁ、と小さく呟き、顔を綻《ほころ》ばせた。

課外実習とは、ロメオ王国の西にあるソーナの森で年に一度行う、魔獣討伐《とうばつ》の実習の事だ。危険が伴うため、参加できるのは学園内でも成績上位者に限られる。参加できれば実力者として認められ、卒業後の進路に有利だと言われていた。

「ダフ・イジーとラブ・イジーは初参加だから、我々と同じ組になった」

ブレイン殿下の言葉に、周囲の者が騒《ざわ》めく。初参加だからと言うが、殿下たちと組めるのは参加者の中で特に優秀な生徒、という暗黙の了解がある。ダフとラブがそれほど高く評価されているという事だ。

「ダフ。日頃の鍛錬《たんれん》の成果を見せてもらうぞ」

マックスが爽《さわ》やかに笑う。ダフと何度も剣を交え、その実力を高く買っている。

「ラブ嬢。貴女の指導役は私です。活躍を楽しみにしていますよ」

穏やかに微笑むのはライトだ。彼はラブの魔術の才をもっと伸ばしたいと願っている。

「大変名誉な事でございます。よかったわね、ダフ、ラブ」

おっとりとお祝いを述べるエリスに、ブレイン殿下は内心、感心した。ラース家の者は元々穏やかな性質だと分かっていたが、同じ学園に通う者として、侍従や侍女の活躍を少しも妬《ねた》む事なく、心から喜んでいる様子だ。

ダフとラブは恭《うやうや》しく頭を下げたが、内心では課外実習なんて面倒だと思っている。ダフとラブの卒業後の進路は、誰がどんな条件で勧誘してこようとも、ラース家のエリスに仕える一択《いったく》だ。ラース家にも確約をもらい、エリスの了承を得ているので揺らぎようがない。従って課外実習への参加は、ダフとラブにとって意味のない事なのだ。実習の間はエリスの側を離れる事になる。それも嫌だった。

実習を回避できないかと、頭の中で策を巡《めぐ》らせる2人だったが、エリスはふわりと微笑む。

「ダフとラブの努力が認められて、わたくしとても嬉《うれ》しいわ。頑張ってきてね？」

主《あるじ》の弾《はず》んだ言葉に、ダフとラブの心は瞬時に決まった。

「もちろんです、エリス様！　僕が一番の大物を仕留めてご覧に入れます！」

「あらダフ。一番は私に決まっているでしょう。エリス様！　私が必ず勝ってみせます！」

鼻息荒くやる気を漲《みなぎ》らせる双子に、楽しみだわ、と、エリスは穏やかな笑みを浮かべる。

自分たちが声をかけた事よりも、エリスの言葉の方が双子のやる気を明らかに起こしている事に、ブレインたちは少々面白くない気持ちだった。

しかし、主家《しゅか》への忠誠心が高いのはいい事だと、彼らは無理やり己《おのれ》を納得させる。

そして今度こそ、課外実習の間に、この忠実な双子を配下に誘い込もうとほくそ笑むのだった。

◆◇◆◇◆

ブレイン・ロメオは、ロメオ王国の王太子である。

彼は幼い頃から多くの期待をかけられ、それに着実に応《こた》えてきた。

常に笑顔を絶やさず、穏やかで余裕を持ち、優秀であるのは当たり前。それ以上の能力を求められるのが、王族というものだ。

ブレインの美しい顔立ちは、隣国の王女である母に似た華やかさと、賢王と名高い父の涼《すず》やかさを受け継いでいた。美貌も優秀さも地位も、何もかも兼ね備えた彼は、側近以外の者たちの、教養と意識の低さにうんざりしていた。

特に、王太子妃候補に関しては、有力候補と言われる公爵家や侯爵家の令嬢ですら、ブレインの心を動かさなかった。彼女たちが口にするのは、髪型や流行のドレスの話ばかり。ブレインにとってはどうでもいい話題で、茶会を共に過ごすのも苦痛だった。彼は有限な時間を無駄《むだ》にしたくなかったが、次代の王たるブレインの妃《きさき》選びは、国の、王太子としての、最優先事項だ。令嬢たちとの交流を断る術《すべ》はなかった。

だが、彼の目から見て王太子妃の資格を備えた令嬢は、国内には皆無だった。他国の王家や高位貴族の娘まで当たってみたが、政略的な問題や条件が合わず、妃探しは難航していた。

「殿下は妃に求めるものが高すぎるのではないでしょうか。美しく、教養高く、魔力も強く、見識も広く、所作も完璧、民や臣下を思いやれるなんて、そんな女性はそうそういませんよ？」

「王妃様だって魔法は不得意でいらっしゃられても、賢妃《けんぴ》と敬われているじゃないか」

側近のライトとマックスに窘められるが、ブレインとて、全て完璧でなくてはならないと思っているわけではない。しかし彼の求める条件のうち、叶《かな》えられない項目が多い令嬢を、無理して娶《めと》る必要もあるまい。

「私は賢王と名高い、あの父上の跡を継ぐのだぞ？　私自身も完璧になる必要があるが、周りの者の力もいるのだ」

そう言われ、側近たちは口を噤《つぐ》んだ。彼らも分かっているのだ。ブレインが偉大な父親の跡を継ぐ時に、苦労するであろう事を。

ブレインの父である現国王アルバート・ロメオは、ロメオ王国始まって以来の賢王と称えられている。アルバートはこれまでの身分制度を緩和《かんわ》し、実力のある者ならば平民でも国の重職に就けるよう、改革を行った。

その結果、特に根強く旧体制の慣習が残っていた魔法省に、平民だが非常に優秀なエリフィスという男が入省した。彼は次々と画期的な魔道具を開発した。彼の作る魔道具は、軍事的なものから暮らしに身近なものまで多岐に亘《わた》り、王国の生活レベルは格段に上がり、諸外国からの評価も高まった。

国王はエリフィスを重用し、彼の特別部門を魔法省に設け、優秀な魔術師を集めて魔道具を開発させている。エリフィスは偏屈な男であまり表舞台には出ないが、王はそれを許し、王自らがエリフィスの後ろ盾である事を示して、国内外を牽制《けんせい》していた。平民でありながら、エリフィスがその能力を潰《つぶ》される事なく発揮できたのは、間違いなくそのお陰だ。

国王が抜擢《ばってき》したのは、エリフィスだけではない。身分にかかわらず、真に実力のある者たちを様々な部署に登用し、結果を出している。これにより、王家の求心力は高まり、その治世は盤石《ばんじゃく》で、揺るぎないものとなっていた。

「父上が身分制度の緩和を取り入れた時、かなりの反発があったと聞く。それを乗りきれたのは、優秀な側近たちと、何より母上が力になってくれたからだという。父上の改革が民の暮らしを豊かにすると信じ、共に改革を推《お》し進めたからだと」

だからブレインは、能力のある妃を求めていた。物語に出てくる姫のように守られるだけではなく、共に国を治め、共に乗り越える事ができる妃を。優秀で、芯《しん》が強く、夫たるブレインを支えてくれる妃を。

ブレインは学園で令嬢たちと共に過ごす中、穏やかな笑みを浮かべながら、心の中では冷えきった視線を向けていた。長く続く平和と豊かさの中で、貴族の責務を忘れた令嬢たちに、もはやなんの期待も持てなかった。

そんな令嬢を妃に迎えたところで、ブレインの苦労が増えるだけだ。それなら己だけで国を治めた方がマシだと思えた。いずれ世継《よつ》ぎのために妃を迎えざるを得ないだろうが、その時は政略的に問題のない、大人しく、ブレインを煩《わずら》わす事のない令嬢を選べばいいと思っていた。

諦観《ていかん》の笑みを浮かべるブレインに、ライトは気を取り直すように話題を変えた。

「そういえば、もうすぐ課外実習ですね。今年はイジー子爵家の双子も参加するし、殿下も楽しみでしょう」

イジー家の双子。それを聞いて、ブレインの気分は少し浮上する。

イジー子爵家の男女の双子は、顔はそっくりだが性格は正反対だ。剣術が得意で直情型のダフと、魔術が得意で慎重なラブ。側近のマックスはダフを、ライトはラブを、とても気に入っていた。入学してまだ間もないというのに、既にその才能の片鱗《へんりん》を見せる双子に、ブレインもとても期待している。子爵家と身分が足りないが、できれば将来は自分の側近に迎えたいと思うほどに。

「しかしイジー子爵家の者は、ラース侯爵家に忠誠を誓っています。双子もやはり侯爵家に仕える事を望んでいるようです」

マックスは残念そうに首を振った。ブレインはふと記憶を呼び起こした。

現国王には年の離れた王弟がいる。現在は公爵位と領地を賜《たまわ》って王籍を離れたが、国王との仲は変わらず良好だ。

その王弟と、学園で一緒だったイジー子爵家の嫡男《ちゃくなん》、ハル・イジーとの逸話は有名だ。王弟の親友にして、眉目秀麗《びもくしゅうれい》、成績優秀。武芸にも秀《ひい》で、当時は王弟と人気を二分していた。

王弟はハル・イジーを側近に望み、本人にもイジー子爵家にも再三打診したが断られた。ハル本人が明言した理由は、ラース侯爵家に仕えたいから、自分の忠義はラース侯爵家にあるから、だった。

ラース侯爵家は、いくつかある侯爵家の1つだ。中堅どころで、ラース侯爵と嫡男は王宮に勤めているが、重職に就いているわけではない。治める領地も田畑の多い長閑《のどか》な場所で、大きな収益はないが、大きな負債を抱える事もない。

ラース家の面々は、毒にも薬にもならないような、平凡な者たちばかりだ。真面目《まじめ》で小心者の当主、おっとりした夫人、当主に似て真面目な嫡男、夫人に似た長女。

王族の側近にと望まれる優秀な男が、わざわざ宣言してまで仕えたい主人かと言われると、疑問が残る。ラース侯爵家が困らぬよう、代わりの者を紹介するとまで王弟は言ったが、ハル・イジーは目を吊り上げて拒否したと聞く。そこでラース侯爵家に対してハルの出仕《しゅっし》を打診し、ハルが望むのなら喜んで、と快諾《かいだく》を得たが、ハルの方がそれを知って激怒し、王弟との縁切りを申し出たのは有名な話だ。そこまで拒否されて、さすがに諦《あきら》めた王弟だが、未だにラース侯爵家を足繁《あししげ》く訪れては、ハルを勧誘しているらしい。

「ラース侯爵家になぜそこまで尽くしたがるのか分からんが、双子もあのハル・イジーに劣らぬ忠義ぶりだと聞く。難しいかもしれんが、この実習でなんとかこちらに引き込みたい。お前たち、頼むぞ」

ブレインが決意を込めてそう言うと、２人の側近は心得たように頷く。双子とは剣術と魔術の授業の際に、それぞれ先輩として指導をして打ち解けている。双子も２人を慕《した》っているように見受けられた。懐柔《かいじゅう》するのは難しくないだろう。

妃に期待できない分、優秀な側近だけでも固めておきたい。イジー子爵家の双子と、可能ならばその兄のハルを、手元に置きたいと願うブレインだった。

◆◇◆◇◆

そして、課外実習の当日。

「いつまで猫被《かぶ》ってりゃいいんだよ」

「開始半刻で飽きるのは早いでしょ？」

ぼやくダフにラブがすかさず突っ込む。幸いにも、先行するブレインとライト、殿《しんがり》のマックスに、双子の声は聞こえていないようだ。

実習は約半日で、場所は初級から中級冒険者の狩場であるソーナの森だ。上級冒険者レベルの教師がお目付け役に付き、万が一に備えて装備や持ち物がやたらと多く、重い。出てくる魔獣は初級寄りの弱いものばかり。双子をフォローしながらブレイン、ライト、マックスが次々と討伐をこなし、彼らの懇切丁寧《こんせつていねい》な指導付き。実習初参加の双子に、まさに至れり尽くせりの対応だった。双子を気遣《きづか》うブレインたちの下心は、なんとなく透《す》けて見えたが。

しかし双子は、確かに課外実習は初めてだが、魔獣討伐は初めてではなかった。討伐の経験なら、そこらの中級冒険者ぐらいはある。ブレインたちは熱心に討伐の際の注意点を教えてくれるのだが、既に知っている事をドヤ顔で繰り返し説明されると、地味にイラッとする。

「エリス様に大物を仕留めるって言ったのに、こんな森の浅いところじゃ大した魔獣は出ないよなぁ」

「仕方ないわよ。学園の生徒が参加する課外実習なんてそんなもんでしょ」

他の参加者たちは、緊張感を持って真剣に実習に取り組んでいる。討伐自体が初めての生徒も多いのだ。

コソコソと双子が話し合っていると、ブレインが振り向いた。

「2人とも、初めてと思えないほど落ち着いているな。もしかして討伐に参加した事があるのかな?」

「あっ、はいっ。兄と一緒に1、2回」

咄嗟《とっさ》にラブが笑顔で嘘《うそ》を吐く。兄と一緒に、は本当だが、数は大きいものから小さいものまで百は超える。しかし、こんなに丁寧に教えてもらって、実は知ってましたー、とは言いづらい。そんな双子の心中には気づかず、ブレインは感心したように頷いた。

「ああ。やはりイジー子爵家の子は凄いな。その年で既に討伐経験があるとは……。ハル・イジーか。確か、ラース侯爵家に仕えながら、冒険者としても活躍しているのだったね」

双子たちの兄、ハル・イジーは上級冒険者だ。その討伐に同行しているのなら、学園の課外実習などで動揺する事もないだろうと、ブレインは納得した。

「そうか。ならばもう少し森の奥へ行ってもいいかな？　この辺の魔獣は我々のレベルでは物足りないんだよ」

ブレインの言葉に、ダフが驚いて目を見張る。

「えっ？　でも先生は、今日の実習はこの近辺の討伐だけだと……」

「完全な初心者ならこの辺が適しているだろうけど、ダフとラブ嬢に討伐経験があるなら大丈夫！　奥へ潜《もぐ》ろう」

「うん、問題ない」

自信満々に言いきるマックスと、それに同意するライト。

双子は困ったように視線を交わした。

「では、一度先生に許可をいただいてから……」

ラブの不安げな様子に、ブレインは苦笑する。

「大丈夫だよ。私たちは何度か3人で森の奥での討伐を経験しているし、先生方もご存じだ。君ら初心者が一緒でもなんら問題はない。今より魔獣は手強《てごわ》くなるが、私たちが必ずフォローするし、君たちにもいい経験になるだろう」

「はあ……」

溜息を押し殺してラブは不承不承《ふしょうぶしょう》、頷いた。ブレインの表情から、森の奥に行くのは決定事項だと悟《さと》ったのだ。ブレインはパーティーのリーダーでもあるため、彼がそう決めたのなら従うしかないだろう。ダフを見ると、キリリと緊張したような顔をしているが、それは表面的なもので、内心は心底うんざりしているのが透けて見えた。なんせダフとは母親のお腹の中からの付き合いだ。考えている事は、すぐに分かる。

「では……。少しでも危険と感じたら、引き返しましょう」

ダフの慎重な言葉に、ブレインたちは笑っている。

「大丈夫だよ。君たち2人の事は私たちが必ず守る。大船に乗った気持ちでいなさい」


どこが大船だ。

とんだ泥舟《どろぶね》だった。

「ラブ！　障壁はどれぐらい保《も》つ？」

「治癒《ちゆ》に魔力を使ってるからそんなに保たない！」

血溜《ちだ》まりで倒れ伏すマックス。

魔力切れでへたり込んでるライト。

その２人を障壁で庇《かば》いながら、マックスに治癒を施すラブ。

ブレインとダフは、襲いくる魔獣を障壁の外で切り裂いているが、数が多すぎて防戦一方だ。

マックスの流した血の匂《にお》いに惹かれ、続々と魔獣が集まってきていた。

魔力ポーションを飲みながらラブが障壁を維持しているが、ポーションは飲んですぐに魔力を回復させるものではない。回復する端から障壁に魔力を取られるので、ダフとブレインのフォローに回れずにいた。

なぜこんな事になったのかというと、様々な要因が絡んで、こうなったとしか言いようがなかった。

まず、森の中で討伐に夢中になりすぎて、奥へと進みすぎてしまった。双子にいいところを見せようとブレインたちが張りきり、そんなブレインたちを双子が的確にフォローしたため、討伐が順調に進み、自分たちの実力を超えたエリアまで入ってしまったのだ。

気づいた時には魔獣に囲まれていた。そして不意を衝《つ》かれたマックスが魔獣に腹を裂かれ、血の匂いを嗅《か》ぎつけた魔獣たちが、さらに集まり出した。

囲まれた時は、まだ余裕があった。マックスの治療を即座にラブが行い、2人を守りながら他の3人が魔獣を倒す。しかしそこに、最悪なタイミングで厄災がやってきた。

銀毛犬《シルバードッグ》。

初級冒険者がよく狩る黒毛犬《ブラックドッグ》よりはるかに格上の魔獣。牙《きば》も爪も鋭く、獰猛《どうもう》で動きも速い。しかも魔法があまり効かない、変異種だった。

上級冒険者もパーティーを組んで、ようやく討伐が可能となる魔獣だ。多少、討伐経験があるぐらいの、学園の生徒が相手にできるものではない。

銀毛犬《シルバードッグ》が現れた事により、戦況は一気に悪化した。

ライトの魔法が悉《ことごと》く跳ね返され、焦《あせ》ったライトが魔法を連発したため、魔力が切れた。魔力ポーションを飲み、回復を待つ事になる。ダフとブレインが剣で攻撃するが、銀毛犬《シルバードッグ》の動きが速く、かすり傷すら負わせられない。しかも相手は銀毛犬《シルバードッグ》だけではない。他の魔獣とも戦わなければならず、小さな傷が増え、疲労は確実に溜まってきていた。

「ダフ、ラブ嬢とライトたちを連れて逃げられるか？」

肩で息をしているブレインが、小声で聞いてくる。

「無理ですよ！　数が多すぎる。俺たちが分散したら、あっという間にやられます。もしもの時は殿下だけでも障壁の中に入ってください！　あと1人増えるぐらいなら、なんとか保つでしょうから！」

障壁は今、３人が入る最小の範囲で展開されている。人数が増えて範囲が広がれば、それだけラブの負担が増える。

「馬鹿なっ！　私は最後まで残る！　君が入りなさい！」

「殿下こそ馬鹿な事、言わないでください。王族を差し置いて安全圏に逃げる臣下がどこにいるっていうんですかっ！」

グッと詰まるブレインに、魔獣が襲いかかる。とうに体力は限界に近い。咄嗟に身を捩《よじ》ったが、腕に魔獣の爪が掠《かす》り、剣を取り落としてしまった。

「うっ！」

ダフがすかさずフォローし、魔獣を剣で制すると、ブレインを庇いながらジリジリと障壁まで下がった。

「ラブっ！」

ダフの鋭い声に、ラブが障壁を解除する。ブレインを押し込め、すぐにラブが障壁を展開させた。

「ラブっ！　できるだけこっちに引きつける！　最悪の場合は、隙《すき》を見て殿下だけでも連れて逃げろっ！　絶対に死なせるなっ」

「分かった！」

剣を振るうダフにも、魔法を展開するラブにも、一切の迷いはない。危機な時には、優先すべき事をはっきりさせる。冒険者のセオリーだ。迷いを見せたら全滅する。

「殿下。私も囮《おとり》になります。どうか御身《おんみ》の事だけをお考えください」

青ざめたライトが、それでも決意を込めて言う。ブレインは首を振る。

「何を言うんだ！　ラブ嬢、障壁を解除しろ！　このままではダフが死んでしまう」

「いいえ、殿下。そのご命令には従えません」

ラブはジッとダフを見つめながら、逃げ道はないかと周囲を探り続けていた。たとえダフが目の前で魔獣に引き裂かれようと、ブレインを無事に帰さなければ、ラース侯爵家の落ち度になる。何がなんでも無事に帰さなくては。主家に迷惑をかけるのは、自分たちにとって死ぬより辛《つら》い事だった。

その時、魔獣の勢いを躱《かわ》しきれず、ダフが魔獣に押し倒された。倒れてもなお剣は離さなかったが、喉《のど》を食いちぎろうと歯を剥《む》く魔獣を防ぐのに精一杯だ。

「ダフっ……」

ラブは心が恐怖で引き裂かれそうになっても、決してダフから目を離さなかった。

いつだって、喧嘩ばかりしてた。ダフの単純なところに腹を立て、怒ってばかりだった。でも嫌いなわけがない。生まれる前から一緒の、大事な片割れだ。

「ダフっ」

構えた剣が徐々に下がっていく。魔獣の牙が、ダフの肩や顔に傷をつける。他の魔獣が集まってきて、ダフを取り囲み始めた。もしあの牙がダフの首を貫けば、他の魔獣たちもダフの肉を奪うために、襲いかかるだろう。

「ラブ嬢っ、命令だっ、障壁を解除しろっ！　ダフが死んでしまうっ！　私は王太子だぞっ、従うんだ！」

ブレインが叫びながら障壁を叩《たた》く。ラブは首を振り、必死で杖《つえ》を掴《つか》んでいた。

ダフの剣が、とうとう弾《はじ》き飛ばされた。無防備な首を狙《ねら》い、魔獣がダフに覆い被さる。腕で防ぐが、そこに、魔獣は牙を立てた。

「いやぁっ！　ダフっ！　ダフがぁ、誰かっ、ダフを助けてぇっ！」

ラブは叫んでいた。ダフの言う通り、障壁は死んでも解除しない。でもこれ以上、死に向かうダフの事を見ていられず、ラブは叫びながら、目を閉じた。

「助けてっ！　お嬢さまぁぁぁ」

2章　平凡な令嬢の散策

「この愚弟《ぐてい》に愚妹《ぐまい》が」

冷ややかな声と共に、凄まじい熱量の炎が巻き起こり、周囲が爆発した。

「これしきの魔獣相手に後《おく》れを取るとは……。鍛錬が足りん。それでよくラース侯爵家に仕えようなどと思ったものだ」

白銀の髪をオールバックに撫でつけ、銀縁の眼鏡《めがね》をかけたとんでもない美貌の男が、冷ややかな視線をこちらに向けながら立っていた。身に纏《まと》うのは皺《しわ》一つない執事服、白い手袋、ピカピカの革靴。手にはフルーツの盛られた銀盆を持っていた。

ラース侯爵家、エリス付きの専属執事であり、双子の兄であるハル・イジーである。

「ハ、ハル兄様……」

先ほどの魔獣以上の殺気を感じて、ダフが悲鳴を上げて飛び起き、ラブは立ち上がって姿勢を正した。恐ろしい重圧を纏った冷気が、兄からダダ漏れている。これは疑いようもなく、完全に、完璧に、怒っている。

ダフを囲っていた魔獣たちは、炎に巻かれ黒炭と化していた。しかしダフにもハルにも、小

さな火傷《やけど》一つない。魔術師のライトは、こんなに精密で正確な魔法の展開が可能なのかと、目の前の光景を信じられずにいた。

「実力も足りずに、なぜ、森の奥に入った。お前らが死ぬだけならまだしも、殿下の身に万が一の事があれば、我らの主家であるラース侯爵家にも責が及ぶのだぞ？」

静かに激昂《げっこう》する兄に、ダフとラブは先ほどとは違う命の危機を感じていた。抜き身の剣を喉に突きつけられているような恐ろしさを、血を分けたはずの実の兄から感じる。

「あらあら、ハルは厳しいわね。ダフ、ラブ、怪我《けが》はなかったかしら？」

そこにのんびりとした声がかかる。途端にハルの冷気が霧散し、柔らかな雰囲気に変わった。軽く頭を下げ、主人に場所を譲るために一歩下がる。

「お、嬢さまぁ」

「お嬢……」

そこにいたのはエリスだった。ハルの執事服も森の中に相応《ふさわ》しくないものだったが、エリスに至ってはドレス姿だ。柔らかなシフォンを重ねた白い生地《きじ》は、木の枝に引っ掛けただけで破れそうなほど頼りない。お茶会にでも参加するような軽やかな春の装いは、森の中では異質だった。

エリスはいつものように穏やかな微笑みを浮かべている。その笑顔に、ダフとラブは緊張が解《と》けるのを感じた。

エリスはダフとラブの無事を確認すると、双子の後ろでポカンと口を開けているブレインたちにようやく目を向けた。

「あら？　お怪我をなさった方がいるのね？　ラブ？　治癒は？」

「申し訳ありません。魔力が回復していなくて……」

魔力ポーションを飲んだが、ラブの魔力はまだ十分に回復していなかった。市販されている魔力ポーションの回復力は、まるで亀の歩みのように、じわりじわりとしたものなのだ。

「まぁ、ラブ……。魔力がなくなるまで頑張ったのね、偉いわ」

うんうんと頷かれ、優しく頭を撫でられる。ラブは鼻の奥にツンとした痛みを感じた。

「ダフも頑張ったわね。たくさん魔獣を倒したんでしょう？　強くなったわね」

そう声をかけられ、ダフは不意に溢《あふ》れた涙を見られないように、ぐいと拭《ぬぐ》った。

「貴方《あなた》もそう思うでしょう？　ハル」

「ええ、よく頑張りました。自慢の弟と妹です」

先ほどの冷ややかさはどこに行ったのか、ハルは満面の笑みでエリスに首肯《しゅこう》する。実に心のこもった労《ねぎら》いだった。彼はエリスの言う事には一切逆らわない、エリス至上主義だ。エリスが望めば、己など簡単に曲げてしまう男だ。そんな兄の調子のいい言葉に、双子の感動の涙が引っ込んだ。蕩《とろ》けるような視線をエリスに捧げる兄に、胡乱《うろん》な目を向ける。

「じゃあ代わりに私が怪我の治癒をするわね？　殿下、お手に触れても構いませんか？」

「あ、あ、あぁ……」

エリスがブレインに目を向け、許可を取って手に触れる。温かな魔力に包まれ、ブレインの怪我がみるみる癒《い》やされていく。特に酷《ひど》かった腕の怪我は、わずかな痛みも残さず霧散した。

「無詠唱でこの回復速度……。まさか、あり得ない」

ライトが目を見張っているが、エリスはのほほんと「これで治癒完了です。念のために、あとで王宮の侍医《じい》さんに診《み》てもらってくださいね」と、ブレインに告げている。

「マックス様は、傷は回復しているみたいね。ラブ、ポーションと魔力ポーションはあるかしら？」

エリスの言葉に、ラブは荷物からポーションと魔力ポーションを取り出した。実習に備え、数だけはたくさんあるのだ。効くまでに時間がかかるが。

「ありがとう。……ううん？　随分《ずいぶん》と薬効成分が低いのね。粗悪品かしら？」

「エリス様。それが一般的に使用されているポーションでございます」

ポーション瓶《びん》を日にかざして不思議そうな顔をするエリスに、ハルが首を振る。

「そうなの？　……シナリ草が不活性みたいね」

エリスはポーションを目の高さに掲《かか》げ、魔力を流し込みながら小さく振った。ポーションから白い光が溢れると共に、その透明度がぐんぐんと上がっていく。

「これぐらいでいいかしら？　ラブ、飲んでみて」

「エリス様！　試飲は私がっ！」

「ハルはまだ魔力があり余っているでしょう？　必要ないわ」

エリス手ずからの改良魔力ポーションに、ハルが目の色を変えて熱望するが、エリスはキョトンと首を傾《かし》げる。その隙にラブが、目をキラキラさせてポーション瓶を受け取り、なんの迷いもなく一気に呷《あお》った。

「あっ！　愚妹っ！　私のエリス様の改良ポーションを飲むなど、千年早いっ！」

慌ててポーション瓶を取り戻すが、既に飲み干されたあとだ。ギリリッと凄い目でラブを睨《にら》みつけると、当の本人はじっくりと魔力ポーションの効能を堪能《たんのう》していた。

「うわぁ！　魔力がどんどん回復していくっ！」

歓声を上げてラブが杖を振ると、その先から炎が飛び出す。市販のポーションの効き目とは、雲泥《うんでい》の差だ。

「ライト様もどうぞ？」

兄妹が揉《も》めている間に、エリスは活性化させた魔力ポーションをライトに渡す。言われるままにポーションを口にしたライトは、その回復の早さに目を剥いた。

何かを聞きたげなライトを放って、エリスは次にマックスに近づいた。ドレスに土がつくのも構わずに地面に座り込むと、未だに気を失ったままのマックスの頭を抱え、膝《ひざ》に載《の》せた。その口に優しくポーションを含ませる。飲ませたのは怪我や体力を回復するポーションで、同じくエリスが活性化させたものだ。

「う……？」

痛みが消え、身体が急激に軽くなるのを感じ、マックスは目を開けた。エリスに頭を抱えられた状況なのに気づき、ギョッと身を捩る。

「よかった、お目覚めですね。ご気分はいかがですか？」

「ラース嬢っ？」

「エリス様っ！　軽々しく男性に触れてはいけませんっ！」

血相を変えたハルが飛びついてくるが、エリスはキュッと眉を顰《ひそ》める。

「ハル。怪我人がいるのに大声はいけないわ」

「申し訳ありません。ですがそのお手を速《すみ》やかに、早急に、お離しください。なんと羨ましいっ、膝枕などっ！　いけません、すぐにその方を膝から退けてください！」

鬼の形相《ぎょうそう》のハルに溜息を吐き、エリスは優しくマックスの頭を膝から降ろす。マックスの顔は真っ赤に染まっていたが、エリスは全く気にしていなかった。

「ダフもいらっしゃい。傷を治してあげるわ」

「愚弟の治癒など、愚妹が致しますっ！」

エリスが手招きするが、ハルに極寒の視線と本気の殺意を向けられ、ダフは慌てて首を振る。

魔獣の襲撃から逃れたのに、ここで兄に殺されたら洒落《しゃれ》にならない。ラブが気を利かせてサッと治癒魔法をダフにかけた。魔力が回復したラブの治癒魔法は、エリスには劣るものの、傷だらけだったダフの身体をあっという間に癒やしていく。

「エ、エリス様。ラブに癒やしてもらえたので平気です」

ブンブンとぎこちない笑顔で手を振るダフに、

「あら。ラブはやっぱり優秀ね」

と、エリスは嬉しそうに微笑む。殺意を上手に仕舞ったハルも、満足気に頷いた。

「ラース嬢。なぜここにいる？」

ようやく我に返ったブレインが、混乱しながらもエリスに問う。エリスはニコニコと笑いながら答えた。

「申し訳ありません、殿下。わたくし、ダフとラブの事が心配で、この子たちの杖と剣に危機感知の魔術式を施しておりましたの。この子たちの命に危機が迫った時、わたくしに位置が正確に通知されるように設定しておきました」

まるで明日のお天気の話をするような気楽さでエリスは言うが、ブレインは衝撃を受ける。

「危機感知の魔術式？　そ、そんなものがあるのか？　聞いた事がないぞ」

「お恥ずかしいですわ。可愛い子には旅をさせろと申しますが、いくら優秀とはいえこの子たちはまだ初等クラス。課外実習に抜擢され、特別に優秀な方々と先生方が同伴していると分かっていても心配で……。保険代わりに魔術式を施したのです」

キュッと手を組み、恥ずかしそうに頬を染めるエリス。その大変可愛らしい仕草《しぐさ》に、約1名、胸を撃ち抜かれ悶絶《もんぜつ》している執事がいたが、他の面々はそれどころではなかった。

「えっ！　そんな魔術式、いつの間に？　魔力増幅の魔術式は掛けてもらいましたけど、それ以外は付与されていないですよ？」

「俺も！　切れ味と攻撃力を上げる魔術式は掛けてもらいましたけどっ！」

「うふふ。念入りに隠蔽《いんぺい》しておいたの。過保護だって怒られそうだから」

魔力増幅、切れ味と攻撃力の向上、危機感知と隠蔽の魔術式。それが本当だったらダフの剣とラブの杖は、国宝どころか神話級の宝物である。

「それにしても。いくら数が多いとはいえ、２人があの程度の魔獣に後れを取るなんて珍しいわね」

そうエリスが呟いた時だった。

音もなく何かがエリスに向かって、一直線に襲いかかる。

鈍《にぶ》い金属音がして、辺りに赤いものが散らばった。

「チッ、妙な気配を感じると思ったら、1匹、仕留め損《そこ》なっていたか」

ハルの声に、不機嫌な色が混じる。それと共に、フルーティな香りが広がった。銀盆からこぼれ落ち、地面に散らばったフルーツが魔獣に踏み潰されている。

エリスに襲いかかった魔獣の攻撃を、ハルは持っていた銀盆で防いでいた。磨き抜かれた銀盆は、魔獣の爪をあっさりと弾き飛ばし、凹《へこ》みも傷つきもしない。

「銀毛犬《シルバードッグ》」

あの火力の中で生き延びた魔獣は、憎悪を滾《たぎ》らせた唸《うな》り声を上げた。

銀盆で銀毛犬《シルバードッグ》を横殴《よこなぐ》りに吹っ飛ばしたハルは、間髪《かんぱつ》入れずに魔法を叩き込んだ。しかし銀毛犬《シルバードッグ》は尾を一振りして、ハルの魔法を弾く。

「……変異種か。ソーナの森にこんな上級の魔獣が出るとは」

銀縁の眼鏡を押し上げ、ハルは無表情に吐き捨てる。その声音《こわね》に、魔法が弾かれた事に対する焦りはない。実際、ハルは少し面倒だなと感じただけだった。

ハルは、より高濃度の魔力を練り上げた。いくら魔法を弾くといっても、それは魔獣の魔力がこちらの魔力を上回っているためだ。魔獣が弾けぬ威力の魔力を練り上げ叩きつければ、倒すどころか魔獣の欠片《かけら》も残らないだろう。

銀毛犬《シルバードッグ》が警戒を強め、威嚇の咆哮《ほうこう》を上げた。ビリビリと響く咆哮と圧にブレインたちは耐えられず、身体が萎縮して固まった。

ハルは威嚇にも特に反応せず、魔力を練る片手間にブレインたちを守る障壁を展開させた。別に、王家や王太子への忠義心からではない。銀毛犬《シルバードッグ》の注意はこちらに向いているが、万が一にも余波で王族に怪我をさせてしまっては、厄介《やっかい》だと考えただけだ。

十分に魔力を練り上げ、さて魔獣を消し去るかと構えたハルの袖《そで》を、白く嫋《たお》やかな手が、可愛らしくクイクイと引っ張った。途端に、ハルの顔がデレッと緩《ゆる》んだ。

「ねえ、ねえ、ハル？」

遠慮がちなその声に、おねだりの甘さを感じて、ハルは歓喜した。見上げてくるその愛くるしい顔には、ほんの少しの恥じらいがあって、身悶《みもだ》えするほど可愛らしい。とにかく理屈抜きに可愛い。

「どうなさいました？　エリス様」

どんな無理難題を言われても、その答えは「諾《だく》」一択であったが、ハルはとりあえず聞いてみた。聞いてみなくては、彼女の願いは叶えられないのだ。

「わたくしね、あの変異種を屋敷に持って帰りたいの。あの毛皮と魔石を、無傷で手に入れたいの」

モジモジと恥ずかしそうな、可愛らしい仕草とは裏腹に、とんでもなく恐ろしい事をエリスはねだるが、ハルは蕩けた顔のままで頷く。

「分かりました。しかし、原型を留めて持ち帰るとなると、どうやって倒しましょうか……」

ハルは思案する。剣があれば魔法で燃やし尽くさなくても倒せるが、彼は執事なのでもちろん帯剣していない。冒険者として活動中ならいざ知らず、今日はエリスにアフタヌーンティーを供している時にここに転移してきたので、碌《ろく》な武具を持っていなかった。

「ねえハル。貴方、さっき果物を剥いていたから、果物ナイフを持っていたわよね？」

「ええ」

ハルは聞かれるままに、懐《ふところ》から果物ナイフを取り出した。刃の長さは大人の拳《こぶし》1つ分ぐらい。刃を折り畳《たた》めるようになっていて、侯爵家の執事が扱うのに相応しい、繊細で優美な飾りがついている。

ちなみに2人が悠長に話している間、魔獣はもちろんこちらに襲いかかってきていたが、ハルの張った障壁で悉く弾き返され、怒り狂っていた。

「そうそう、このナイフよ」

受け取って、エリスは嬉しそうに畳まれていた刃を伸ばす。そしてそれを持ったまま、音もなく一瞬にして魔獣に肉薄した。

ザスッと、何か重いものを断ち切る音が響く。

果物ナイフを持ったエリスは、気がつけば、既にハルの側に戻っていた。

一拍遅れて、ドウッと魔獣が地面に倒れ伏した。魔獣の首はパックリと切られており、血が吹き出さないように肉の断面はこんがりと焼かれていた。

「ありがとう、ハル。研《と》がれていたから、よく切れたわ」

ハルは目を見開く。細く頼りない刀身は、血曇《ちぐも》りもなくキラキラと輝いている。魔獣の首を切ったあと、エリスが浄化《じょうか》魔法を掛けたからだろう。

それよりもこんな頼りない刀身で、どうやって魔獣の首を切ったのか。ほんのり残る魔力の名残《なごり》で果物ナイフを強化したのは分かったが、それにしたって強度の面で問題がある華奢《きゃしゃ》な果物ナイフだ。肉を断つほどの鋭さはない。

動きを追うだけでやっとだった。制止の声を上げる間もなく、鮮《あざ》やかに魔獣の命を絶ったその手際《てぎわ》に、ハルはゾクゾクと背中に震《ふる》えが走った。

ハルの中に、言いようのない感情が膨《ふく》れ上がる。圧倒的な強さと才能を目の当《ま》たりにして、憧れと恋情と執着が圧縮されたような感情が。目の前にいる、焦《こ》がれてやまない唯一無二の人を、自分以外の誰の目にも晒《さら》さないよう攫《さら》ってしまいたい。そう思い詰めて瞳は爛々《らんらん》と輝き、うっそりとした笑みが、知らずに口の端に上る。

「ハル。考えている事が怖いわ」

穏やかだがはっきりと、こちらを制するエリスの言葉に、ハルはハッと我に返った。瞬時に己を取り戻し、深々と腰を折る。

「申し訳ありません。エリス様のお手を煩わせたばかりか、お見苦しいところを……」

「いつもの事だから気にしてないわ」

穏やかだがどこか突き放したようなエリスの様子に、ハルは悄然《しょうぜん》とうなだれた。チラチラとエリスを窺《うかが》うその様子は、飼い主に怒られるのを恐れる犬のようだった。

自信満々、泰然自若《たいぜんじじゃく》が常のハルの情けない姿に、銀毛犬《シルバードッグ》の咆哮の影響が抜けた双子は、ザマアミロと思った。優秀な兄に虐《しいた》げられるのは下の弟妹の宿命だが、その暴君《兄》の情けない姿を見られて、大変、気分がよかった。

「おい。い、今、何が起こったんだ？」

ブレイン、マックス、ライトが恐る恐る近づいてきた。銀毛犬《シルバードッグ》が完全に事切れているのを確認し、信じられないといった表情でエリスを見ている。ありのままを見ていたはずだが、俄《にわ》かには信じられない光景だった。ドレス姿の令嬢が、銀毛犬《シルバードッグ》を一撃で葬《ほうむ》ったのだ。その化け物でも見るような不躾《ぶしつけ》な視線に、ハルは殺気立ち、ダフとラブは苛立《いらだ》った。

「ラース嬢。今、何が起こったんだ？　なぜあの魔獣を倒せた？」

ブレインに迫られ、エリスは困ったように首を傾げる。

「ダフ」

そんなブレインたちからエリスを隠すように立ち、ハルは懐から薄いカードを取り出した。そこには、ラース侯爵家の紋章《もんしょう》が描かれていた。無言で頷き、ダフはカードを受け取る。

ハルはにこやかな笑顔で、懐中時計を取り出し、エリスに向き直った。

「エリス様。そろそろ観劇のお時間です。旦那様と奥様がお待ちですよ」

「あら大変！　着替える時間はあるかしら？　このドレスじゃ、観劇には向かないわよね？」

エリスは自分の姿を見下ろした。白いデイドレスは、茶会には向いているが、夜の観劇にはいささか軽い。

「もちろん。お召し換えの準備は整っておりますし、時間もございます。私もお手伝いを」

「それはいいわ」

流れるように自然なハルの変態発言を、涼しい顔でぶった斬《ぎ》り、エリスはブレインたちに微笑む。

「申し訳ありません、殿下。わたくし、家の者に何も言わずに出てきてしまったので、もう戻らなくては。わたくしが仕留めたあの魔獣は、冒険者のルールに則《のっと》り、わたくしがいただいて帰りますわね？」

ハルは懐から取り出した魔法袋《マジックバッグ》に銀毛犬《シルバードッグ》を仕舞い込む。魔法袋《マジックバッグ》は王家に献上されるぐらいの希少な魔道具だが、なぜラース侯爵家の執事が普通に使用しているのか。どんどん増えていく謎に、ブレインは眩暈《めまい》がした。

「待て、ラース嬢。まだ話は終わっていない」

「先生方には既に、ラブが魔法でこの場所をお知らせしておりますわ。では、残りの実習、お怪我がないよう、お気をつけくださいませね？」

エリスは有無を言わさぬ様子でブレインの言葉を押しきり、一礼すると、ハルを伴って消えてしまう。転移は高位魔法で、王宮魔術師ぐらいしか使えないはずだが、どうしてあの２人は使えるのか。

また疑問が増え、驚きが大きすぎて処理できず、頭を抱えるブレインたちが取り残された。

「で？　なぜこんな森の奥に入ったんだ？　ブレイン殿下」

その後、しばらくして学園の教師たちが駆けつけた。へたり込むマックスとライトに、数人の教師が慌てて駆け寄る。怪我と魔力切れのところを銀毛犬《シルバードッグ》の威嚇に晒され、彼らの気力は限界に近かった。

　引率の責任者であるシュリル・パーカーは、冷ややかな目でブレインを見据える。まだ20代前半の若手ながら、学園の教師では随一の実力者で、国を代表する上級魔術師でもある。たとえ相手が王族でも、教え子ならば指導に容赦はない男だ。

「あ、ああ。すまない、シュリル先生。私の判断ミスだ。自分たちの実力を過大評価していた。これまでもたびたび決められた範囲を越えて討伐をしていたから、今日も大丈夫だと思ってしまった」

　見渡すと夥《おびただ》しい数の魔獣の死骸。初心者向けのソーナの森にしては多い魔獣の数だが、そもそも森には絶対の安全などない。だからこそ、学園の教師たちが事前調査を綿密に行い、討伐の範囲を決定している。実習に参加する生徒には、学園の決めた範囲を逸脱しないよう注意している。

　しかし、範囲を逸脱するバカは毎年発生していた。元々、自尊心の塊《かたまり》のような貴族が通う学園だ。己の力を過信し、課外実習に選ばれた高揚感から調子に乗る者が出てしまうのだ。それを想定し、教師たちは対策している。今回は想定を上回るバカが発生してしまったようだが。

しかも王太子。シュリルは頭が痛くなった。

「確かに、愚《おろ》かな判断だ。リーダーの判断ミスで全滅に至る、典型的な例だな。いずれ国を導く立場になられる事を自覚された方がいい。道連れになるのはこの国の民だろう」

その淡々とした叱責《しっせき》は、ブレインのプライドを酷く傷つけた。しかし正論ゆえに言い返す事はできない。たとえ王族といえども、今は学園の生徒。教師の指導は甘んじて受けるべきだ。

シュリルはブレインたちのすぐ側の、血痕《けっこん》の飛び散る場所を見て、訝《いぶか》しげに目を細めた。周りで黒焦げになっている魔獣の死骸とは、桁《けた》違いの魔力を感じる。

「あの黒焦げの魔獣以上のヤツがいたようだな？　何が出たんだ？」

まだ乾いていない血痕に近づき、シュリルが誰ともなしに呟く。

「銀毛犬《シルバードッグ》の変異種です」

答えたのはラブだった。その静かな声に、弾かれたようにシュリルが顔を上げる。

「銀毛犬《シルバードッグ》の変異種？　確かか？」

コクリと頷くダフに、シュリルは頭を抱える。

「おい。お前らよく生きていたな？　上級魔術師でも討伐は難儀だぞ。一体どうやって……」

ダフが無言でカードをシュリルに差し出す。その表面に刻まれた紋章を見て、シュリルが目を見開く。

「……あぁ、なるほど。了解した。他言《たごん》無用、秘密裏《ひみつり》に処理する」

「感謝します」

ダフは無表情に頷く。奇怪なやり取りに、ブレインは困惑の目をシュリルとダフに向ける。

マックスとライトも、フラフラしながらも不思議そうな顔をしていた。

「なんの話をしている。ブレイン先生、我々を救出し、魔獣を討伐したのは……」

「ブレイン殿下。今回の件については、陛下にご報告後、判断が出るまで他言は無用です」

厳しい口調でシュリルはブレインの言葉を遮《さえぎ》った。

「なぜだ？」

「国策に関わる事故、私にお話しできる権限はございません」

「……分かった」

そう言われては、ブレインはこれ以上問いただす事はできなかった。王太子といえども、王の裁可に委ねられる事に口は出せない。

ブレインがそれ以上聞いてこない事に安堵《あんど》し、シュリルはそっと息を吐いた。

他の教師たちが、マックスとライトを抱えて運び出す。魔獣の黒焦げは穴を掘って埋めた。

教師として、国有数の魔術師として、シュリルにできるのはここまでだ。あとは森から帰還するのみ。そう、仕事は終わったのだ。

「ダフ・イジー」

シュリルはダフに向き直り、キラキラした目を向ける。嫌な予感がしてダフは眉を顰めた。

「陛下の許可が降りたら、どんな討伐だったか、教えろ。どんな魔法で、どう展開して、どう仕留めたか。余さず書き起こして寄越せ」

やっぱり、とダフは溜息を吐く。ラブも、この魔法バカめ、という呆《あき》れた目をシュリルに向けている。

「無理です！　シュリル先生の望まれるようなお話はできませんよ。私も動きを追うだけで精一杯でしたから。ご本人から聞いてください」

突き放すようにダフは断る。サッパリして親しみやすく、教え方の上手いシュリルは、教師としては好きだ。しかし、魔術師として好奇心に取り憑かれた時のシュリルは厄介だ。やたらと細かいし、しつこい。同じ事を何度も違う角度から聞かれる。絶対に相手をするのは嫌だ。

「ハルの奴のガードが堅いんだよ！　面談の申し込みをしただけで、全力で襲ってきやがったんだぞ！」

シュリルの言葉に、双子は顔を見合わせる。

「それは仕方ないですよ。シュリル先生、男性ですし」

「俺は下心なんかねぇよ！　純粋に魔法の話をお聞きしたいんだよ。俺には可愛い嫁と子どもがいるんだぞ？　浮気なんかするかっ！」

「兄は忠実に見せかけて、狂犬みたいなものですので。独身だろうとなかろうと、近づく男は皆血祭りにあげます。諦めた方が」

「昔から全然変わってねぇなぁ！　お前らの兄貴は！」

シュリルはもう10年以上も、ラース侯爵家にまつわる様々な魔法を解明したいと願っているのだ。だがこの願いは、一度も叶えられていない。ある男の病的な嫉妬《しっと》のせいで。

学園の教師にして、国を代表する魔術師シュリル・パーカーは、かつての学友で同級生のハル・イジーに、怨嗟《えんさ》の声を上げた。


王宮へ戻ったブレインは、一連の報告を受けた国王に呼び出された。

側近のマックスとライトは、自宅での謹慎《きんしん》を命じられていた。側近でありながら己の力を過信し、本来ならばブレインを止めるべきだったのに、一緒になって調子に乗り、未来の王を危険に晒したのだ。彼らはそれぞれの父親に、文字通り襟首《えりくび》を掴まれ、引きずられるようにして連れていかれた。どちらの父親も、息子の性根《しょうね》を叩き直すと息巻いていた。

ブレインも父からの厳しい叱責を覚悟していたが、父は物憂《ものう》げに肘《ひじ》をついて座っているだけで、ブレインは戸惑った。

「いや〜、ブレイン。よく無事だったな。銀毛犬《シルバードッグ》が出るなど、驚いただろう」

溜息混じりに同情され、ブレインは身体を強張《こわば》らせる。自分の判断ミスで友人や下級生を危険に晒したのだ。後悔しかない。

「私が至らぬせいです。どのような罰《ばつ》でも……」

「あー、いや、お前は阿呆《あほう》じゃないから。ワシが何も言わずとも、海より深く反省しとるだろ。それはもういい。学園はなぁ、色々無意味な決まりがあると感じるかもしれんが、あれも全て生徒のためのものなのよ。大人になって分かる事もあるからなぁ。今回の事でお前も、今後は自分の影響力を色々考えるだろう。まぁ、励めよ」

気の抜けた調子でそう言うと、父はキリリと顔を引き締め、王の顔に戻る。

「父親としての話はここまでよ。ブレイン、ここからは余《よ》の言葉として聞け」

その声音に圧を感じ、ブレインは居住まいを正した。

「明日の昼、ラース侯爵家を呼んでおる。其方《そなた》も世継ぎとして、あの家の事をそろそろ知っておくべきであろう」

ラース侯爵家。

ブレインの中で今一番知りたい事だ。父の申し出は願ってもない事だった。

「陛下。ラース侯爵家は……」

「明日の会談を待て。まだラース侯爵家からの許可を取っておらん。余とて、まだ何も語れぬのだ」

溜息混じりの国王の言葉に、ブレインは再び硬直した。ラース侯爵家の許可。一国の王がなぜ、侯爵家の許可など取る必要があるのか。

ブレインは明日の会談を心待ちにするのと、不安になるのとが半々の、複雑な気持ちで立ち尽くしていた。

◆◇◆◇◆

「お召しにより参上致しました」

穏やかで深みのある声の、ふくふくとした顔つきの男が、恭しく臣下の礼を執る。

もう1人、長身のがっしりとした身体つきの若い男が、同じく臣下の礼を執った。

「ラース侯爵。それに子息のハリーだったな。よく来てくれた。すまんな、忙しいところに」

「いいえ、陛下のお召しとあればいつでも。最近は繁忙期も過ぎて、落ち着いております」

ラース侯爵は柔和な笑みを浮かべ、やや寂しくなってきた頭髪に手をやった。毒にも薬にもなりそうにない、真面目だけが取り柄の平凡な男だというのが、ラース侯爵に対するブレインの印象だった。

だがあのラース侯爵家の家長だ。見た目通りではないのかもしれない。その嫡男も、そういった目で見れば一癖も二癖もありそうだ。

「此度《こたび》は其方の家の者に、ブレインと側近たちが危ないところを助けてもらった。礼を申す」

「いえいえ。我が家の者たちが付いていながら殿下を危険に晒してしまい、申し訳ありません」

ラース侯爵はゆったりと首を振る。

「そう言ってくれるか、ラースよ。約定にも触れる事になってしまい、我らもすまなく思っておるのだ」

「今回の事は陛下も予期せぬ事でございましょう。娘も特段、気にしてはおりませぬよ」

娘、の一言にブレインはドキリとした。討伐以降、ずっとエリスの事が頭を離れない。様々な疑問と混乱、そして、あのエリスの穏やかでミステリアスで可愛らしい微笑み。女性の事を想《おも》って寝つけないなど、ブレインには初めての事だった。

「して、そのエリス嬢は」

陛下の言葉に、ブレインは再び胸を高鳴らせた。今日はエリスの姿は謁見室《えっけん》にない。てっきり不参加と思っていたのだが、どうやら彼女も呼ばれているらしい。

「わたくしや息子ならともかく、娘が王宮に召されるのは理由がありませんので、表立っては参上しづらいと。のちほど転移魔術で参ります」

「転移魔術？　しかし王宮には魔術を跳ね返す結界陣が……」

王の言葉が終わらぬうちに、キラキラと柔らかな光が差し、滲《にじ》み出るように人影が現れる。光が治まればそこには、学園で見かけるよりも質のいい、洗練された薄青のドレスを纏ったエリスと、いつもと変わらぬ執事服のハルが佇《たたず》んでいた。

「ご機嫌よう、陛下。お召しと伺い参上致しました」

朗《ほが》らかなエリスとは対照的に、ハルの機嫌は最高に悪かった。凄絶な美貌に不機嫌な色が乗るだけで、魔王のような迫力がある。

「エ、エリス嬢？　久しいな……」

優秀な魔術師が数人がかりで施したはずの結界陣をものともせず、エリスとハルはすんなり王宮へ転移している。少しは魔法の心得のある王だったが、結界陣の揺らぎは露《つゆ》ほども感じなかった。

「エリス嬢！」

昨日からずっと頭を離れないエリスを目にして、ブレインは思わず声を上げた。その喜色《きしょく》のこもった声に、ハルの片眉が跳ね上がる。

「おや、早かったね、エリス。ハルも一緒か。いつもご苦労だね」

のんびりしたラース侯爵の言葉に、ハルは淀《よど》みなく反応する。

「私がエリス様のお側にいるのは当然の事。本来ならば学園でもご一緒したいのですが、卒業してしまいましたのでままならず！」

「学園に入学すると、屋敷でエリスの世話ができなくなるから嫌だと、飛び級で卒業したのはハルだろう？」

「くっ！　エリス様がこれほど愛らしく美しくご成長なさるとは、想定外でした。こんな事なら、入学時期をずらしてエリス様と共に学園に通えばよかった！　そうすれば行きも帰りも同じ馬車でエリス様を膝に乗せ、ぴったり寄り添って登校できたばかりか、有象無象《うぞうむぞう》の害虫が近づくのを排除、抹殺《まっさつ》できたのにっ！」

「ハル、発言が気持ち悪いわ」

眉を顰めたエリスにバッサリと言われ、ハルは情けない顔で地べたに頭を擦《こす》りつけて平伏した。

「申し訳ありません。うっかり願望が口から漏れてしまいました。お耳汚しを」

「それに、登校はダフとラブが一緒で楽しいわよ？　うふふ、ずっとお喋《しゃべ》りしているのよ」

「おのれ、愚弟と愚妹の分際《ぶんざい》で……」

怨嗟のこもったハルの声は、幸いにもエリスには届かなかった。

「……ごほんっ、エリス嬢。此度はブレインたちが世話になったな。其方らがいなければ、無事に帰る事も難しかったろう。礼を言う。褒美《ほうび》に何か望むものはないか？」

「わたくしは変異種をいただきましたので、特には……。あぁ、そうそう。あの変異種の魔石を分析したら、魔力値に随分と偏《かたよ》りがございましたのよ。どうやらあの森のどこかに、魔力溜まりができているみたいですわ。魔物の暴走を引き起こしかねないので、初級冒険者の立ち入りを禁止して、早急に神殿に浄化の依頼をした方がよろしいですわ」

「僭越《せんえつ》ながら、冒険者ギルドには私の名で既に注意喚起を行っております。神殿にも通達済みですので、陛下のご命令があればすぐに動けるでしょう」

顔を上げたハルが、別人のようにキリッとした秀麗な顔で告げる。平伏の時にすり剥いたのか、額に血が滲んでいたが、それさえも何か高貴な飾りのように見えた。

治癒のために、エリスがハルの額に触れた。エリスの魔力が身体に流れ、ハルはウットリと目を細め、その手に額を擦りつけた。

「お前たち、陛下の御前《ごぜん》だよ。少しは弁《わきま》えなさい」

ニコニコとしているだけのラース侯爵を見かねて、エリスの兄ハリーが2人に注意する。ラース侯爵家の中で、彼が一番真面目で良識派なのだ。比較的には。

「よい。それよりも重要な知らせ、感謝する。神殿にはすぐに浄化に取り掛かってもらおう。

それと、其方の侍従と侍女の持つ剣と杖だが、特別な魔術陣を付与しているとか……」

国王の問いに、ぽんっと手を鳴らして、エリスは無邪気に首を傾げた。

「あら、わたくしとした事が。ご報告が遅れてしまいましたわね。仰《おつしや》る通り、今は色々と魔術陣を開発していますの。ただ、1つの魔術陣を構築するのに、百近くの魔石が必要ですの。ダフとラブの剣と杖も、ハルが協力してくれたからなんとか作れましたのよ？　まだまだ費用的に改良の余地がありますわ。お披露目《ひろめ》はもう少し先になりますわね」

「ふむ……。だが既に、付与の成功した剣と杖は存在するわけか」

「あら陛下。王太子殿下と将来有望な側近の皆様を必死でお救いした、可愛い私の侍従と侍女に褒賞を与えるどころか、騎士の魂《たましい》と言われる剣と、魔術師の分身である杖を取り上げるなんて事、なさるおつもりではございませんわよね？」

一国の王から圧のこもった視線を向けられても、軽やかに躱し、反対にチクリと釘《くぎ》を刺す。

「いや、しかし、その効果が本当ならば、国宝級の……！」

「お腹が空いたからといって、金の卵を産む鳥を、殺して食べてしまうおつもりですか？」

エリスは微笑んだ。その氷のような微笑みに、国王は瞬時に自分の失態を悟るが、それを表に出さず、鷹揚《おうよう》に頷いた。

「……待っていれば、鳥は卵を産んでくれるのだな？」

「もちろんです。陛下のためならば、力を尽くしますわ」

ヒヤヒヤする2人のやり取りにも、エリスの父であるラース侯爵は動じない。愚鈍《ぐどん》にも見える穏やかな笑みを浮かべるのみだ。

「……分かった。エリス嬢の言う事だ、信じよう」

これ以上我を張るのは得策ではないと、国王は引いた。エリスの笑みが元の通り、令嬢らしい穏やかさを取り戻すと、小さくホッと息を吐く。

一方で、ブレインは棒を飲んだように硬直していた。常に国王たる威厳を纏い、他者に折れるところなど見た事のない父が、あっさりと侯爵家の令嬢の忠告に引き下がった事に目を疑ったが、一瞬垣間《かいま》見えたエリスの冷ややかな殺気が、心底恐ろしかった。あの変異種の魔獣の殺気など、可愛らしく感じるぐらいに。

しかし同時に、異様な強さが放つ美しさに惹きつけられ、瞬《まばた》きも惜しいほど魅入られたようにエリスから目が離せない。

王は空気を変えるように咳《せき》払いをする。

「あー、時にエリス嬢。そろそろブレインにも、我が王家とラース侯爵家との付き合い方について伝えたいのだが、構わぬかね？」

慎重な国王の言葉に、エリスは可愛らしく微笑んだ。

「えぇ。急だったとはいえ、あのような場面を見られては、お伝えしないと、どのような反応をなさるか心配ですもの」

きちんとブレインの手綱《たづな》を握《にぎ》っていろと言外に言われて、国王は咳払いを繰り返す。

「父上。ラース侯爵家との付き合い方とは一体……？」

ブレインの困惑した様子に、国王は重々《おもおも》しく口を開いた。

「其方も知っていると思うが、余の代になってから力を入れている事がある。大きくは魔獣の討伐、そして身分に関わらない実力ある人材の登用だ」

父の言葉に、ブレインは頷いた。ロメオ王国は国土の多くを森が占めており、多種多様な魔獣の棲家《すみか》となっている。森の中に発生する魔力溜まりの影響で、森の生き物が魔獣化し、変異する事が、近年の研究で分かってきた。これは父に登用されたエリフィス率いる魔法省の特別部門が突き止めた事であり、ロメオ王国のみならず、他国にも大きな影響を与えた。現在は、森の中で魔力溜まりが発見されれば、神殿による浄化が行われる事になっている。

「はい。父上の政策により、魔獣による被害が大幅に減ったと……」

ブレインが誇らしそうに笑みを浮かべる。それを見て、国王は咳払いをした。

「まぁ。最終的には余が決めた事なのだが、これを提案したのはラース侯爵家なのだ」

「はっ？」

魔力溜まりの研究は、魔法省の特別部門が行っている。しかし、ラース侯爵も嫡男のハリーも魔法省の所属ではない。どこでラース侯爵家が関わる事があったのか。

「そもそもあの発見もな。森に魔力の偏りがあると気づいたエリス嬢が、エリフィスに調査を命じて、魔力溜まりの存在が明らかになったのだ」

国王の言葉に、ブレインは再び混乱した。

「父上、私には理解できません……。エリス嬢がなぜ、森の魔力の偏りに気づき、さらに、エリフィスに調査を命じる事ができるのですか？」

普通の侯爵令嬢は森になど入らない。いや、課外実習の際、なぜかドレス姿のまま森にいたが、普通はあんな格好で危険な森に入るはずがない。

ブレインの言葉に、国王は頷く。息子の混乱はもっともな事だった。

「順を追って話そう。ラース侯爵家は古くからある貴族家だが、代々、それほど目立った功績はない。侯爵家としては中堅、特筆すべき領地もない。だがな、ほとんど知られておらぬ事だが、どこにも負けぬ特技がある。それは人材の育成だ」

「人材の育成？」

「うむ。代々で多少、違うのだがな。ラース侯爵家の長が武の部門の職に就けば兵士が、文の部門に就けば文官が、優秀に育つ。先々代の頃の槍《やり》の英雄ガラト、先代の頃の宰相《さいしょう》ユラックもラース領から出た者だ」

　槍の英雄ガラト、智の宰相ユラックは、隣国との関係が不安定なロメオ王国を圧倒的な武力と智力で守った伝説的な人物だ。物語や逸話がロメオ王国で語り継がれ、大人から子どもまでに人気のある偉人だ。

「今のラース侯爵家も、優秀な文官を育てている。宰相補佐のダント、財務相のザールもラース領の者よ。どちらも平民出身だが、他の部門から引き抜きがかかるほどの優秀さは、お前も知っているだろう」

　その名はブレインも知っていた。平民でありながら抜きん出た才能と発想力、そして人望で、メキメキと頭角を現している文官たちだ。まだ年若いが、ブレインの代の中核を担《にな》う文官になる事は間違いない。

「表立ってはいないが、ラース侯爵領には平民が通える教育施設がいくつもある。ダントとザールはそこの卒業生で、さらにラース侯爵家で高等教育を施し、王宮仕えとなったのだ」

「領内ではまだ高等教育を施せる場所が整っておりませんが、今後は体制を整えて、より多くの人材を育てていきませんとなぁ」

　穏やかなラース侯爵の声に、ブレインは愕然《がくぜん》とした。王国内には平民に教育を施す機関などない。せいぜい、文字や簡単な計算を教会で教えるのみだ。学園は貴族の学ぶ場所で、教育を受ける事は貴族の特権なのだ。

「これだけの成果を上げているのだ。王家としても、国の教育施設を作る事に一考の余地はあろう」

国王の言葉に、ブレインは深く頷く。実力主義の官吏《かんり》登用も、平民の能力が上がらなくては絵に描いた餅《もち》だ。平民に教育を施せば、その中から優秀な者を掬《すく》いやすい。

「その人材育成のプロであるラース侯爵家に生まれた者は、ラース家の歴史で培われたあらゆる教育を受ける。特にエリス嬢は、元々魔術の才能があり、身体能力も高かったゆえ、幼い頃から侯爵家の選《よ》りすぐりの教師たちが寄ってたかって実験、いや、教育し、ラース侯爵家の集大成と言うべき人材に育て上げた」

「集大成……？」

ブレインは首を傾げた。確かに森でのエリスは、突出した才能を見せていた。しかし、学園での彼女は、ブレインの目に留まらぬほど平凡な令嬢だ。成績も中間辺りだったと記憶している。

ブレインの疑問に、国王は頷いた。

「うむ、お前も知っての通り、我が国の貴族として生まれたからには、学園に通うのは責務なのだが……。エリス嬢に関して言うと、学力、身体能力、魔力から考えて、今さら学園に通う必要がないレベルだ。余としては学園で教鞭《きょうべん》を執ってもらいたいと思っておったのだが……」

そこで国王は、残念さを隠しきれない様子で、言葉を続けた。

「エリス嬢がなぁ。目立つから嫌だと」

「はっ？」

チラリと視線を向けると、エリスは艶やかな笑みを浮かべた。

「わたくし、幼い頃からずっと厳しく教育されてきまして。10に満たない年から、お母様と共にラース侯爵家の領政や教育、魔術の研究、魔獣の討伐に携《たずさ》わってきたのですもの。学園にいる間ぐらいは、普通の令嬢として過ごしてみたいとお父様にお願いしましたの！」

目の前で両手を組んで、エリスは目をキラキラさせる。

「ずっと憧れていたんです。普通の令嬢らしく友人たちとお茶会をしたり、一緒にお勉強会をしたり、流行のドレスやアクセサリーや、憧れの殿方のお話をする事を！　わたくし、今が楽しくてたまりませんわ。それに、学園で目立って、利用価値があるなんて思われたら、お断りが面倒な縁談が舞い込んでくるかもしれないでしょう？」

うふふと笑って、エリスは小首を傾げる。その可愛らしい様子と、縁談という言葉に、ハルがビクリと反応する。ハルはエリスを穴が空くほど熱心に見つめているが、エリスは一切ハルに目を向けなかった。

「だからしばらくの間、領の仕事はお母様に、魔術の研究はエリフィスに任せる事にしましたの」

「エリフィスに……。まさか彼も？」

先ほどから話題に上がる魔法省のエースの名に、ブレインは嫌な予感がした。

「エリフィスもまたラース侯爵家で育てられた者だ。彼も優秀ではあるが、最も重大な任務はエリス嬢の隠れ蓑《みの》だな。彼が開発したとされる魔道具のほとんどは、エリス嬢の手によるものだ。孤児《こじ》だった彼を拾い、エリス嬢が名前を付けたのだったかな？　エリス嬢に全てを捧げる忠実な部下よ」

「二番目以下の、ただの部下です。エリス様の一番の僕《しもべ》にして、唯一は私ですっ！」

ブレインの疑問に国王が答えると、ハルがどうでもいい補足を入れた。

突拍子のない話ばかりで、驚かされるばかりだったが。ブレインの頭は、ある可能性について考え始めていた。

エリス・ラース。侯爵家の令嬢。

古くからロメオ王国に存在する、由緒ある貴族家の令嬢で、侯爵家には跡取りの兄がいる。

つまり、エリスが王家に嫁《か》す事に、なんの障《さわ》りもない。むしろ、このように優秀で価値のある令嬢ならば、王家に囲い込むべきだし、何より、ブレインの妃として誰よりも望ましいのではないか。

「エリス嬢。貴女にはまだ婚約者はいなかったよな？　貴女は、ラース侯爵家は、どのような相手を結婚の相手として望んでいるのだ」

ブレインは勢い込んで聞いたが、答えは分かっていた。貴族令嬢の誰もが夢見る、国の淑女の頂点、王妃という答えを。

だが、エリスの答えは、予想だにしない言葉だった。

「わたくしの望む結婚は、恋愛結婚ですわ」

恥ずかしそうに頬を染め、エリスは顔を両手で覆う。

「恋愛結婚？」

ブレインはエリスの言葉を繰り返す。貴族は政略結婚が普通だ。身分差を越えた恋愛結婚などは、物語の中では描かれたりするが、実際問題としてはほとんどあり得ない。貴族なら、家格や政情などを勘案《かんあん》して家同士で縁を結ぶのが、当然の義務なのだから。

だが。ブレインとエリスなら、政略結婚であっても恋愛に発展する事は可能だろう。ブレインはエリスを好ましいと思っているし、エリスは王太子であるブレインに憧れているようで、学園ではすれ違うたびに顔を赤らめている。好意を持たれているのは確実だ。

「ならばエリス嬢。私の妃に！」

そうブレインが言った途端、ハルの殺気がブワリと膨れ上がる。射殺さんばかりの圧を孕《はら》んだ瞳が隠す事なくブレインに向けられ、思わず近衛が剣を抜いてハルに向ける。

「ハル、やめなさい」

ラース侯爵が穏やかに窘めたが、ハルは殺気を収めない。侯爵家に仕える者が王族に無礼《ぶれい》を働いているというのに、ラース侯爵に動じる様子は全くない。

聞き分けのないハルに怒る事もなく、侯爵は肩を竦《すく》め、エリスに視線を向けた。

「ハル？　皆さんが驚いているわ」

「エリス様。エリス様のご命令でも、これぱかりは見逃せません。エリス様を権力で囲おうなど、約定《やくじょう》に反します」

ハルから立ち昇《のぼ》る冷ややかな殺気に気圧《けお》され、ブレインは思わず一歩退いた。上級冒険者であり、あれほどの魔獣を瞬殺したハルだ。本気を出したら、護衛や密かに控える影に守られている王族とて、無傷では済まないだろう。

緊迫した空気にもかかわらず、エリスはコロコロと笑い声を上げた。

「考えすぎよ、ハル。ブレイン殿下は、ただ求婚しただけだわ。わたくしを王家で囲い込もうなんてしていないでしょ？　求婚をお受けするかお断りするかは、わたくしの自由だわ」

そうでしょう？　と言わんばかりにエリスが国王に視線を送ると、国王は冷や汗を流しながら重々しく頷く。

「陛下はラース侯爵家との約定を違《たが》えたりする方ではないわ。それに多分、ブレイン殿下は、王家と我が家の約定の事を何もご存じないのよ？」

エリスの言葉に、ハルは渋々《しぶしぶ》、戦闘態勢を解いた。執事服の下に隠された物騒《ぶっそう》な得物《えもの》から手が離れるのを見て、近衛や影たちがホッと緊張を解く。

恐怖から解放されて、ブレインはタイを緩めて息を吐いた。外面を取り繕《つくろ》う事には長《た》けているつもりだが、ハルの本気の殺意を目の当たりにして、それは難しかった。

しかしそれよりも、ブレインには気になる事があった。あの森でダフがシュリルに渡した、侯爵家の紋章が書かれたカード。約定とやらと関係があるのか。

「……約定とはなんだ、エリス嬢」

絞り出すような声で尋ねるブレインに、エリスは極上の笑みを浮かべた。

「我がラース侯爵家と王家は、今は大変良好な関係を築いていますが、そうではない時期も、多々ありましたわ」

ニコニコと微笑みながら、エリスは物騒な事を言い出した。王家への叛意《はんい》を疑われるような言葉に、ブレインは内心ヒヤリとしたが、自分以外は誰も気に留めていないようなので、エリスに続きを促す。

「ラース侯爵家は、建国時からある古参の貴族です。ロメオ王国もここ3代ほどは落ち着いていますが、建国当時や節目節目には、その安定性を欠く事もございました。そのような時、力のある貴族家というのは、王家の疑心を招きやすいもの。謀反《むほん》を疑われた事は一度や二度ではございません」

良い人材が育つラース侯爵家。優れた知力も、突出した武力も、味方ならば心強いが、敵に回ると恐ろしい。特に王家の力が不安定な時は、疑心を持たれる事が多かった。

「ですがラース侯爵家は、代々、なんと言いますか……人材育成や、研究は好きなんですけどねぇ。統治とか、覇権《はけん》争いには、とんと興味を持たない者が多くてですねぇ」

エリスは困り顔で首を傾げた。

「だって、大変でしょう？　国を治めるなんて。どうしてそんな面倒な事を、わざわざ引き受けなくちゃいけないのかしら？」

代々が学者肌で凝《こ》り性のラース侯爵家は、むしろ領地の統治すら面倒だと感じるのだ。野心よりも研究心が勝っていた。

「私が当主に決まるにあたっても、兄と散々争いましたからなぁ。どちらも侯爵家の当主になりたくなくて。それよりも研究がしたかった。いい人材を育て、研究仲間を増やし、研究を発展させたい。私は兄との50回に及ぶヒプレスの末、24勝26敗で負けて侯爵の座に就きました。兄は未だに領地で仲間たちと研究三昧《ざんまい》。羨ましい……」

ラース侯爵が悔《くや》しげに愚痴《ぐち》る。ヒプレスはカードゲームの1つだ。そんなもので侯爵家当主の座を決めたのか。しかも負けた方が当主なのか。

ブレインは呆れたが、なるほど、これがラース侯爵家なのだろうと納得した。普段、夜会などに出席しても、挨拶《あいさつ》が済むといつの間にかいなくなる理由が分かった。社交が面倒なのだろう。

「そういう我が家なのですが、国が荒れている時は、とかく争いに巻き込まれやすく……。そこで疑われるのが面倒になった何代か前の当主が、王家と取り決めを交《か》わしました。王位の簒奪《さんだつ》など望んでいない証《あかし》に、我が家は研究成果や優れた人材を王家に差し出すと。その代わり、王家は我が家には不可侵《ふかしん》とすると。不可侵といっても、納税や有事の兵役は他家と同じですわ。我が家に圧力をかけたり、強引な囲い込みをしたりしないという不可侵です。また、今回のような不測の事態で我が家が動いた時には、目くらましのお手伝いを王家にお願いしております。他の有力貴族に目を付けられても困りますから」

「ハル・イジーが渡していた、ラース侯爵家の紋章は」

「ラース侯爵家と王家の事情を知る者は、国に仕える者の中に幾人かおります。各部署の重鎮《じゅうちん》や現場の主だった者です。シュリル・パーカーもその1人です。その者たちに当家の紋章を渡せば、陛下のご裁可の下、諸々《もろもろ》の処理がなされるようになっております」

呟くブレインに答えたのはハルだった。シュリル・パーカーがラース侯爵家の事情を知る事ができたのは、ハルとシュリルが学園で同級生だったからだ。貴族の嫡子《ちゃくし》の義務で仕方なく通った学園だったが、王弟といい、シュリルといい、余計《よけい》な関係者を近づける結果となり、全くもっていい事など1つもなかった。

「では、王家がエリス嬢を求める事は……」

「ラース侯爵家が了承しなければ無理でございます！」

ハルが鋼《はがね》のような声で答える。ヒヤリとした魔力まで立ち昇らせていた。

「そうですわねぇ。わたくしが王家の方と恋にでも落ちない限り、あり得ませんわね」

コロコロと笑うエリスにギラリとした目を向けるブレインだったが、冷たい目で見返されてギクリと身体を強張らせた。

「殿下。学園内では今まで通りの態度がよろしいかと。殿下にお気持ちを傾けていらっしゃるお嬢様方は多くていらっしゃいますから。あの方たちのお心を傷つけるような真似は、なさらない方がよろしいですわ」

にっこりと、エリスは扇子《せんす》の奥で微笑む。ブレインの正妃候補として名が挙がっているのは、ローズ・トレス嬢とリリー・オーウェン嬢。どちらも有力な侯爵家の令嬢だ。性格に難はあるが、正妃としての資質は十分備えているとエリスは見ていた。冷静なリリーを正妃に、ローズを側妃《そくひ》にすれば、政治的なバランスも取れるであろう。

エリスが国王に視線を向けると、国王は重々しく頷いた。

ラース侯爵家と王家はお互いに不可侵。

それでお互いに上手くやってきたのだ。ラース侯爵家は、自由にさせておけば、莫大な利益をもたらす。それが代々の国王に引き継がれてきた教えだ。過去には野心を持った国王が無理にラース侯爵家を手中に収めようとして、他国に出奔《しゅっぽん》されそうになった事があるという。それこそ、エリスの言ではないが、金の卵を失うという話にもなりかねない。

「王命で、王太子とラース侯爵令嬢と婚姻はあり得ない」

国王は厳《おごそ》かに断言する。ブレインが悔しげに顔を歪《ゆが》めた。

「第一、ラース侯爵家の後継《あとつ》ぎは決まったのか？」

続く、呆れたような国王の言葉に、エリスはキラキラした笑顔を浮かべた。

「もちろん！　長子にして男性であるハリーお兄様が……」

「エリス、我が国の法では、女性にも当主たる資格がある」

エリスの弾んだ声を、兄のハリーが冷ややかに遮る。

「まぁ！　ここは年功序列でお兄様こそ相応しいですわ！」

「我がラース侯爵家も、保守的な考え方ではなく、他家同様、革新的な取り組みも必要だ。取り掛かりとして、女当主はいい案だろう」

ラース侯爵家の兄妹による後継争いが、いつもの調子で始まった。侯爵の地位を上手く相手に押しつけたい2人の争いは、もはや、日常茶飯事《さはんじ》だった。

エリスの功績が多く取り沙汰《ざた》されているが、実は兄のハリーも逸材である。幾人もの手足となる部下を持ち、情報操作をして己が目立たぬよう画策できる手腕は、エリスよりも上手《うわて》と言えるだろう。

「革新的な取り組みも結構ですが、やはり伝統を重んじるのもまた貴族のあり方……」

「これまで多くの革新的政策を陛下は打ち出しておられる。この時流に乗るのが貴族としての務め……」

「もうさぁ、私と兄の時みたいに、ヒプレスで決めたらいいんじゃないかなぁ」

投げやりなラース侯爵の言葉は、エリスとハリーの耳に入らない。2人とも、どうしても後継ぎとしての役目を避けたいのだ。

恐れ多くも国王の御前で、ラース侯爵家の後継者争い《押しつけ合い》は白熱したものになっていった。

ラース侯爵家が辞したあと。

含みのある視線を向けられ、国王は首を振る。

「ダメだ。エリス嬢の事は諦めよ」

「ですがっ！」

彼女ほど妃に相応しい人がいるだろうか。身分とて侯爵家。なんの問題もない。

「エリス嬢ならば、私の伴侶《はんりょ》として相応しく、国をより高みに導けましょうっ！」

ブレインが熱望していた、同じ視線で国を治める事のできる人だ。彼女と比べたら、妃候補として挙がっている令嬢たちの、なんと浅い事か。

「諦めよ。あの家を権力の中枢に据えるなど、それこそ夢物語だ」

「ですがっ！」

食い下がる息子に、国王は諭《さと》すように告げる。

「ワシもなー、お前ぐらいの時は、なんとかラース侯爵家を取り込みたいと考えておったよ。いやー、あの頃はできない事などないと思っておった。若かったなあ」

王冠を無造作《むぞうさ》にテーブルに放り投げた国王は、はーっと長い溜息を吐いた。

「ワシの代で始まった制度や事業は、ほとんどが今のラース侯爵やその兄が学生の頃に考えたものよ。画期的だの先進的だの賢王だのもてはやされてはおるが、全てはラース家の功績だ。

あれほど有能な者たちを、為政者として側に置きたいと思うのは当然の事よ」

国王の代だと、ちょうど今のラース侯爵とその兄が同年代。どうにか側近に召し抱えようと、色々な手を打ったという。

「だがなぁ。侯爵もその兄も、是《ぜ》とは言わなんだ。アレたちは我儘《わがまま》でな？　貴族の身でありながら、自分のやりたい事しかやらんのよ。ワシらが与える地位や名誉や領地は、アレたちには褒美どころか足枷《あしかせ》よ。どうにもならんかったわ」

王命で強引に召し抱えたとしても、ラース家は従わない。下手をすれば、国外へ一家ごとどころか、有用な者たち全てを引き連れて移住してしまうだろう。あの家の者には容易《たやす》い事だ。

「まぁ。今の身軽な学生の間に、エリス嬢を口説《くど》くぐらいは許されるのではないか？　あの娘の周りには、なかなかに手強い恋敵《こいがたき》が多いが、挑戦するぐらいはいいだろう。但《ただ》し、エリス嬢の平凡な学園生活とやらは邪魔してはいかんぞ？」

そして国王は人の悪い笑みを浮かべる。

「王太子という身分が通じない以上、エリス嬢を堕《お》とせるかは、お前自身の魅力次第か。自力でエリス嬢の側にいる恋敵たちに比べると、随分出遅れておるなぁ。……勝ち目はなさそうだが、精進《しょうじん》しろよ」

そんな辛辣《しんらつ》な言葉を最後に、父子の謁見は終了した。

3章　平凡な令嬢の決意

課外実習での騒動は、大きな問題にはならずに決着した。探索範囲を逸脱した王太子のグループは軽い叱責を受けたが、それだけだった。ラース侯爵家の紋章と、王命により、王太子の失態や変異種の出現は厳重に隠蔽された。

但し、ちょっとした変化はあった。ブレインの側近であるライトとマックスは、学園内の騎士クラブと魔術師クラブを辞め、授業が終わるとすぐに、王宮の騎士団や魔術師団で下っ端《ぱ》として訓練に従事するようになった。より実践的な訓練を積むためで、どちらも団長である父親に自ら願い出たという。

また、王太子は、学園内の仕事や公務を黙々とこなしている。お茶会やイベントにあまり顔を出さなくなり、憂《うれ》いを含んだ顔で、時折深く考え込む事が多くなった。

「わざわざ足を運んでもらって、すまない」

ある日の昼下がり、人払いされた生徒会室に、エリスはブレインに呼び出されていた。もちろん、侯爵令嬢たるエリスには、ラブとダフの２人がぴったり付き添っていたが、王太子の側近と護衛たちの姿はなかった。

「私の侍従と護衛は隣室に控えているよ。あぁ、影は付いているけど、こればかりは外せないからね。気にしないで」

ここ数カ月で、急に憂いを帯びた色気を放つようになった王太子は、微《かす》かに笑みを浮かべる。

「さようでございますか」

対するエリスは、王太子自らの呼び出しにも臆《おく》する事なく、いつものように朗《ほが》らかな笑みを浮かべている。反対に、警戒心が露《あら》わなのは、双子の方だ。

「できればダフとラブ嬢にも外して欲しいけど、それは叶わないんだろうね？」

「申し訳ありませんが。お呼び出しの名目が、いつものようにダフとラブの引き抜きですもの。この2人がいなければ、奇異に思われますわ」

平凡に擬態《ぎたい》するエリスは、予想通り首を横に振った。

「ですが、聞こえないようにはできますわよ。ダフ、ラブ。部屋の隅に控えて頂戴《ちょうだい》？」

柔らかな主人の声に、ダフとラブは音もなくスルリと部屋の隅に下がる。エリスがパチリと指を鳴らした。空間がピシッと歪んだように感じた。

「音声を遮断《しゃだん》しました。聞かれたくない話は、そう願えば、わたくしと殿下以外には聞こえないはずですわ。行動を制限するものではありませんから、影の皆様も、どうかお楽になさってね？」

突然の無音に緊迫した影たちに、エリスが穏やかに声をかける。ブレインが重ねて「大事ない」と言い渡すと、驚きの気配を残しながらも、影たちは落ち着きを取り戻した。

「便利なものだ。聞かせたくない会話だけ、遮断できるのか」

「内緒話にはもってこいでしょう？」

無邪気に笑うエリスだが、この魔術がどれほど緻密《ちみつ》で複雑な魔術陣によるものか、魔術を齧《かじ》っただけのブレインにさえ分かる。それを、指を鳴らすだけで行使できるとは。予想を超えた実力に、もはや、感動を通り越して呆れしか感じない。

「……それで、エリス嬢。今日お呼びしたのは他でもない」

ブレインはエリスの側に近づくと、頭一つ分は小さいエリスを見下ろした。華奢で、小さくて、どこにでもいるような平凡な令嬢だ。外見は、そうとしか見えない。

「私が今から口にする事を、王族という身分を忘れた上で、どうか聞いて欲しい」

ブレインは、真摯《しんし》にエリスを見つめ、片手を取って膝をついた。

「貴女を、心の底からお慕いしている。どうか、私の妻になってくれないだろうか」

ブレインの、言葉が終わるか終わらないかのうちに。

バリバリッという破裂音がしたと思うと、空間を無理やり歪めたような圧が部屋を覆った。

「なっ！」

ブレインは咄嗟にエリスを背に庇った。ダフとラブ、そして影たちが、エリスとブレインを守るべく慌てて駆け寄ろうとした瞬間。

ビシリッと歪む音が響き、そこには、悪鬼《あっき》の表情をしたハル・イジーが佇んでいた。いつも綺麗に整えられた銀髪が乱れ、身体中から紫電が放たれている。

「いや、どこの魔王だよ」

遠い目をするダフに、ラブが活を入れる。

「現実逃避しないで頂戴、ダフ。血の繋《つな》がった兄よ！」

その存在の禍々《まがまが》しさに双子は引きつり、それぞれの得物を構えて兄に対峙した。王太子とエリスの会話は全く聞こえなかったが、王太子の顔つきと跪《ひざまず》いた事からすると、求婚しやがったのだろう。それを、兄が嗅ぎつけた。

エリスに惚《ほ》れ込む男が２人。物語ならここで「決闘だ！」という、乙女が心をときめかす展開になるのだが。兄が絡むと、途端に国の滅亡の危機だ。エリスに関する事となると、兄には常識も良識も通じない。エリスのみを、ただひたすら欲する狂犬なのだ。エリスを奪おうとする者は、たとえそれが王太子だろうが一切手加減などせず、存在を消し去るだろう。

「ブレイン殿下。エリス様から離れろ」

夥しい魔力を放出させるハルは、その壮絶な美貌も相まって、人外のようだ。本当に、なんでこんなのが血を分けた兄なのかと、双子は絶望した。森で遭遇した変異種の恐ろしさなど、可愛いものだったと感じる。

「ハル兄。ちょっと落ち着け。王太子殿下に命令するな、不敬だ」

「その魔力、止めてよ。濃密すぎて気持ち悪い！」

キャンキャンと吠える双子に向かって、ハルは無造作に右手を振る。途端、双子は壁に吹っ飛ばされた。

「うるさい」

これが身内に対する仕打ちか。ダフとラブは文句を言おうと身体を起こそうとしたが、ご丁寧に上から圧をかけられ、ピクリとも動けなくなった。

影たちも王太子を守るべく動いたが、こちらも姿を現した瞬間に壁に飛ばされ、押さえつけられていた。

「ブレイン殿下。エリス様から離れろ」

抑揚のない声で、ハルが繰り返す。ギラギラと怒りに燃える鮮やかな緑の瞳にブレインは命の危機を感じたが、ここで退《ひ》くわけにはいかなかった。

「断る、ハル・イジー。君こそ退きたまえ。私は真摯にエリス嬢に請うているんだ。今は執事でしかない君に、止める権利などない」

「……っ！」

その威圧感漂う声とド正論に、ハルは息を詰め、悔しげに顔を歪める。

「王家とラース侯爵家には約定がっ」

「ハル」

それまで黙っていたエリスが、咎《とが》めるような声を上げた。

「悪い子ね。盗み聞きなんて」

王太子の背後からひょこりと顔を出し、子どもを窘めるようにハルを睨む。

「でも聞いていたのなら分かっているでしょう？　殿下は、身分を忘れた上でと仰ったわ」

エリスは小首を傾げ、ブレインを見つめる。

「ロメオ王国の王太子としての命ではなく、ブレイン様自身のお申し出なら、約定には反しないわ」

「エリス嬢……」

ホッと頬を緩め、ブレインは安堵する。エリスにはきちんと意図が伝わっていたようだ。

「それでもっ！　エリス様に求婚など、許せないっ！」

激情のままに揺らぐハルの魔力で、室内にさらなる圧がかかる。お昼に食べたものが逆流しそうで、ダフとラブはグッと身体を強張らせた。

「ハル《ステイ》！」

「キャンッ」

鋭いエリスの声に、ハルが飼い主に叱《しか》られた犬のような声を上げ、平伏した。目には見えないが、エリスから多数の魔術陣が展開し、ハルの魔力を無効化していた。

「シュウ」

蹲《うずくま》るハルを睥睨《へいげい》しながら、エリスが短く呼んだのは、ハル、ダフ、ラブの父であり、イジー子爵家の現当主、シュウ・イジーだった。ラース侯爵家の筆頭執事を務めるシュウは、ハルや双子の上司でもある。

エリスの求めに応じ、シュウは音もなく現れた。銀髪と緑の瞳はハルと同じだが、上品に年齢を重ねた皺とモノクルが、渋めの色気を醸《かも》し出している。仕立てのいい執事服を嫌味なく着こなし、柔和な笑みを口元に刻んでいた。

「お嬢様、ブレイン殿下。御前、失礼致します」

美しく2人に礼を執り、シュウは未だに動けず地面に平伏するハルの襟首を掴んだ。

「愚息がとんだご迷惑を」

「連れて帰って頂戴。殿下への無礼は、わたくしが謝罪致します」

「まだまだ未熟にございますな。躾《しつ》け直すと致しましょう」

穏やかながら有無を言わさぬ迫力をシュウから感じて、ブレインはゴクリと喉を鳴らす。ハルの強さを規格外だと感じていたが、それを簡単に無力化するエリスも、息子を躾け直すと言う父親のシュウにも、人間とは思えぬ迫力があった。こっちも人外のようだ。

そもそも、どうしてラース家に関わる者たちは、こうも気軽に転移魔術などという高位の魔術を使いこなしているのか。しかも王宮ほどではないが、学園内にも防衛魔術が施されているのだ。それをなんの揺らぎもなく、あっさりと掻《か》いくぐって侵入している。色々と規格外すぎて、ブレインの常識が崩壊しそうだった。

それでもブレインは、エリスへの求婚を取り下げる気にはなれなかった。その恐ろしいまでの強さと美しさに、惹かれる気持ちを抑える事ができないのだ。

「では、私はこれで」

襟首を掴まれて不自然にカクカクと揺れるハルをものともせず、シュウは来た時と同じように音もなく消えた。わずかな魔力の揺らぎもなく忽然《こつぜん》と消えた親子に、呆れとも取れる息が影たちから漏れた。

「殿下。我が家の者の無礼、お許しくださいませ」

淑女の礼と共に頭を下げる、その言葉を聞いて、ブレインは苦笑を浮かべた。

「我が家の者か……」

約定がある以上、許されない事は分かっていたし、エリスの気持ちが自分に向いていない事だって、分かっていた。

しかし、自分の中で初めて芽生《めば》えた想いを、ブレインは蔑《ないがし》ろになどできなかった。初めて知った、感情だったのだ。

あの日からエリスを想わない日はなかったし、毎日が浮き足立ったようにフワフワと楽しくて。しかし楽しさだけではなく、苦しくて身を切られるような痛みを伴った。

いつまでも、この想いに浸《ひた》っていたかった。

だが、そろそろ現実に戻らなくてはならない。

ブレインには、この国に対する責任と、愛情と、忠誠がある。王となる者が私情で動くなど、断じて許される事ではない。己の感傷にケジメをつけねばならない事は、重々、承知していたのだ。

ブレインは改めてエリスの手を取ると、傍らに跪いた。

「答えは分かっているけどね、エリス嬢。君の口から聞かないと諦められそうにないんだ。遠慮はいらないから、先ほどの返事を聞かせてくれないか？」

エリスは、困ったような笑みを浮かべ、口を開いた。

◆◇◆◇◆

エリスがラース侯爵家に帰ると、ハルはラース家の地下室、別名、懲罰房に放り込まれていた。魔術を封じられ、決してほどけない魔力縄で雁字搦《がんじがら》めに縛られて。殴られたのか、顔が青黒く腫《は》れ上がり、口元には乾いた血がこびりついている。

ハルを迎えに来たエリスは、その様子に溜息を吐き、パチリと指を鳴らして戒《いまし》めを解いた。

途端、ハルが凄い勢いでエリスの足元に縋《すが》りつく。

「エ、リス、様っ！」

捨てられる恐怖に怯《おび》える駄犬《だけん》は、必死に主人に縋りつき、許しを請う。

「申し訳ありません、申し訳ありません、申し訳ありませんっ」

足元に蹲り、恥も外聞も捨て去って泣きながら謝るハルに、エリスは再度、溜息を吐く。

「シャンとしなさいな、ハル。わたくし、美しいお前が気に入っているのよ？」

ぐしゃぐしゃに乱れた髪を手櫛《てぐし》で直してやれば、ハルは揺れる瞳で見上げてきた。そのあまりにボロボロな様子に、苦笑が漏れる。

「ふふ。シュウは厳しいわね。ハルがここまでやられたの、久しぶりに見たわ」

温かなエリスの魔力が巡り、ハルの身体を優しく癒やしていく。そっとエリスが手を離せば、そこには髪をわずかに乱し、服はボロボロだが、怪我一つないハルの姿があった。

しかし身体の傷は癒えても、ハルの表情から不安は消えない。シュンと頭を垂らしている。

「エリス様。どのような罰でも受けます。ですから、ですからどうか、捨てないで」

エリスの服の袖を力なく握り、弱々しく懇願《こんがん》するハルに、エリスは苦笑した。

「……ねぇ、ハル。ブレイン殿下のお申し出はお断りしたの。とても情熱的な告白だったけれど、わたくし、好きな人がいるのだもの」

エリスの言葉に、ビクッと、ハルが肩を揺らす。

「それにね。わたくし、お兄様とのヒプレス勝負に負けてしまったの。残念な事に、ラース侯爵家を継がなくてはならないのよ」

エリスは唇を尖《とが》らせた。父に倣《なら》ってヒプレス勝負で後継ぎの座を賭けたはいいが、僅差《きんさ》で負けてしまった。全く見破れなかったが、あれは絶対イカサマだとエリスは確信していた。エリスもイカサマを駆使して兄との対戦に臨《のぞ》んでいたのだが、あと一歩のところで及ばなかった。

「侯爵家を継ぐのに、王太子妃にはなれないでしょう？　殿下もお分かりになっていて、お気持ちに踏ん切りをつけるために、求婚なさったそうよ。存分に振ってくれて構わないと、笑っていらしたわ」

言われた通り、遠慮なくエリスが断ると、ブレインはどこか晴々《はればれ》とした様子だった。

エリスに振られたというのなら、王太子など、ハルにはどうでもいい事だった。アレがエリスに纏わりつかなければ、道端《みちばた》に転がる石と同じだ。興味はない。そんな事より。

「好きな……人」

辛そうに顔を歪め、ハルは首を振った。

「嫌だ。私は絶対に認めません、そんな、エリス様に好きな人なんてっ！」

駄々《だだ》を捏《こ》ねるハルに、エリスは首を傾げる。

「あら、困ったわ。わたくし、侯爵家を継がなくてはならないのですもの。せめて結婚相手ぐらいは、心のままに好きな人を選びたいわ」

「ダメですっ！　エリス様に、他の男なんて、嫌だっ！　絶対に嫌だっ！　認めないっ！　そんな奴、私が秘密裏に処分してやるっ！」

「でも、わたくしはどうしてもその人がいいのよ？　ねぇハル？　どうしたら認めてくれるのかしら？」

エリスの一言一言が、柔らかく、だが確実にハルの心を切り裂いた。ハルはそれに抵抗するように、必死に言葉を連ねる。

「そんなのっ……。少なくとも、わ、私よりも有能で、私よりも剣も魔術も強く、私よりも優雅で完璧な所作を身につけ、私よりもラース侯爵家に忠誠が厚く、私よりもっ」

熱のこもった涙目で、ハルはエリスを見つめる。

「私よりも、エリス様を深く愛せる男でなければ、認めないっ」

ハルはエリスに跪いた。

「そんな男、絶対にこの世に存在しませんっ！　私以上にエリス様を想う男など、絶対にっ！」

だから。だから、他の男など想わないでくれと、ハルは涙に暮れた。己の全てを捧げた人の傍らに、自分以外の人間がいるなど。ハルには到底、受け入れられなかった。

エリスはクスクスと笑う。

「ねぇ、ハル。学園を卒業したら、お前を専属執事から解任するわ」

「エリス様っ！」

絶望を漂わせ、ハルはエリスを呆然《ぼうぜん》と見つめる。

それはあまりにも残酷な宣言だった。努力して努力して、ようやく得た専属執事という立場。エリスの一番近い場所に在る幸せが、こんなにあっさりと奪われてしまうなんて。

ハルの中に、真っ黒で醜悪な、ドロリとしたものが生まれる。

このまま、このままエリスに捨てられてしまうのなら、いっそ。エリスを攫って、逃げてしまおうか。誰も知らない場所に彼女を閉じ込めて、２人きりで誰にも邪魔されないように。誰にもエリスを取られないように。

「考えてる事が怖いわ、ハル」

いつものエリスの言葉で、ハルの暗い思考がパチンと断ち切られる。我儘な子どもを相手にしているようなエリスに、羞恥《しゅうち》で頬が熱くなった。

「ねぇハル。もしかして最近、魔物の討伐と魔道具の開発に力を入れてるのは、イジー家の陞爵《しょうしゃく》のためかしら」

跪くハルの髪をエリスがサラサラと撫でる。いつもならうっとりとその感触を噛みしめるのだが、ハルはエリスの言葉に激しく動揺して、それどころではなかった。

「そ、それは……」

「もしかして。わたくしが将来輿入《こしい》れする時に、子爵じゃ釣り合わないから陞爵しようと思ったの？」

ラース家は侯爵家で、イジー家は子爵家だ。もし両家で婚姻を結ぶとなると、身分差が大きいため、周囲の貴族家から横槍《よこやり》が入る可能性がある。

ハルは思わず顔を伏せた。エリスに知られぬよう、必死で努力していたというのに。優雅な水鳥が水面下で足をバタつかせているのを知られたようで、ハルは惨めな気持ちになった。

「ふふ。ハルは向上心が高いのね」

相変わらずエリスはサラサラとハルの髪を弄《もてあそ》んでいるが、ハルはもう情けない気持ちで一杯で、逃げ出したいぐらいだった。エリスは強くて美しいものが好きなのだ。だからハルはずっと、そうであろうと努力してきた。誰よりも強く、美しく、他の誰よりもエリスに見てもらえるように。関心を持ってもらえるように。

ただ、エリスの側に在るために。ただ、エリスの一番になりたくて。

必死の思いで勝ち取ったエリスの専属執事だが、卒業後に解任するとエリスは言う。当たり前だ。エリスはラース侯爵家の後継ぎとなるのだ。当主に懸想《けそう》する執事など、エリスの未来の夫が許すはずがない。

ああもう、それなら。それなら、いっそ。

ひと思いに、殺してくれないだろうか。側に置けないと言うのなら。

そんな事をハルが思い詰めていると、頭上から笑い声が聞こえた。

「ハル。貴方って、本当にわたくしの事が好きなのね」

エリスに楽しそうに瞳を覗《のぞ》き込まれ、ハルは魅入られたように見つめ返した。

「楽しみだわ。ハルの成長が」

エリスは悪戯《いたずら》っぽく笑った。

「今のハルより有能で、剣も魔術も強くて、所作も美しくて、忠誠心も厚くて」

エリスの口調に、とろりと甘いものが含まれる。

「今のハルより、わたくしを愛してくれるんでしょう？」

頬に感じた、柔らかな感触。今まで近づいた事のない距離にある、エリスの顔。慣れた香りが鼻先をくすぐったと思ったら、すぐに温かさは離れていく。

「……」

その時囁《ささや》かれた言葉は、ハルの耳に、確かに聞こえた。

「ねえ、ハル。卒業まであと2年よ。誰にも文句を言わせないように頑張ってね。楽しみにしているわ」

サラリと、エリスは立ち上がった。その姿はラース侯爵家を背負うに十分な、強さと美しさを秘めている。

「先に戻るわね」

だがその頬は、わずかに赤らんでいた。いつもの擬態とは違う恥ずかしそうな素《す》の表情は、ハルも初めて見るもので。ハルの心臓は、比喩《ひゆ》でもなんでもなく、一瞬、その鼓動《こどう》を止めた。

懲罰房に1人取り残されたハルは、まるで夢でも見ていたような気持ちになった。

「エリス様がラース侯爵家の後継ぎ。今の私よりエリス様を愛する者が、あの方の隣に立てる」

先ほど頬に触れた柔らかな感触が信じられず、頬を押さえた。妄想でも願望でもなく、確か

に触れていた、柔らかなもの。

ハルの口角が上がる。触れた箇所が、火を押し当てられたように熱く感じる。

「つまり、今より高みを目指せばいいだけか。それで、あの方のお側にいられるなら、簡単な事だ」

それにしても、とハルは溜息を吐く。

なんと、罪作りな人なのか。たった一言で、意のままに男を操るなんて。

この時囁かれたエリスの一言は、生涯、ハルの胸から消える事はないだろう。

幕間

紅茶の香りがふわりと広がる午後。

一口含んで、その香りを存分に楽しんだエリスは、ふふふと小さく笑いをこぼした。

「シュウの紅茶は、久しぶりね」

優雅な手つきで給仕をするシュウに、エリスは楽しげに視線を向けた。

「愚息が、なかなか給仕を譲りませんので」

深く落ち着いた声音に、静かな佇まい。息子のハルに似た、人目を惹く華やかな面立ちなのに、その美しさが表に主張される事はない。まるでこの屋敷の一部のように溶け込んでいる。

ラース侯爵家を訪れた客たちは、不思議な事に、この美貌の筆頭執事を印象に残す事はあまりない。卒がなく、優秀だったと、なんとなく覚えているという程度だ。

「シュウの紅茶も美味《おい》しいわ。小さい頃から、飲み慣れている味ですもの」

エリスが嬉しげにそう言うと、シュウは小さく笑いをこぼす。

「小さな頃のお嬢様のお好みはたいそう難しくて。私も色々と工夫させていただきました」

「そんな事も……、あったわね」

幼い頃の我儘を指摘され、エリスは頬を赤らめた。どんなに無理難題を言われても、目の前の筆頭執事は笑顔で「承知致しました」と答え、さらりとこなしていたのだが。

「7色の紅茶をお飲みになりたいと仰られた時が、一番困りました。紅茶は茶色ばかりで飽きたと。もっと綺麗な紅茶を淹れて欲しいと」

「あら、わたくし、そんな事を言ったの？」

とんでもない我儘で困らせたものだと、エリスは困惑する。そんな発言をした事など、全く覚えていなかった。

シュウは目を細め、懐かしげに頷く。

「お嬢様は昔から、美しいものがお好きでしたから」

エリスは静かにカップを置いて、シュウを見つめる。

「ねぇ、シュウ。貴方はわたくしが、ラース侯爵家を継ぐ事を、どう思って？」

「大変喜ばしい事かと存じます」

シュウの一寸の偽りもないその言葉に、エリスはわずかに、視線を下げる。

「……でも。わたくしより、ハリーお兄様の方が優秀でしょう。お兄様が継いだ方が、ラース家が栄えると思わない？」

ハリーもエリスも後継ぎなど面倒なのだが、能力で言えば間違いなくハリーの方が上なのだ。

侯爵家や領の事を考えるなら、エリスではなく、ハリーが継ぐ方が相応しい。ラース家に長く勤めるイジー家の当主として、本音では、そちらが望ましかったのではないか。

「ふっふっふ。お嬢様、何を仰いますやら」

珍しく気弱なエリスの言葉に、シュウは含み笑いを漏らした。

「確かにエリス様より、ハリー様の方が秀でていらっしゃるかもしれませんが。私どものような凡夫《ぼんぷ》からしましたら、エリス様もハリー様も桁違いの能力をお持ちでいらっしゃいます。どちらが侯爵家を継いだとて、当主の仕事程度ならば、さほど差はありますまい」

そもそも、地位や名誉が欲しいのなら、シュウがラース家に仕えるはずがない。ラース家は貴族社会の中でさほど重んじられておらず、地位や権威を求める輩《やから》とは真逆の家風だ。そういった意味での繁栄は今後もないだろう。しかし。

「地位や権威など、些事《さじ》でございましょう。ラース家の価値は、そういったものに左右されるものではございません」

エリスもハリーも、ラース家の名に恥じぬ、恐ろしいほどの英知と才能の塊。幼い頃からその成長を見守ってきたシュウは、2人のどちらが当主に就いても、今までと同じように、いや、今まで以上に繁栄をもたらすと確信していた。どちらが当主でも、生涯、揺るぎない忠義を捧げると決めている。

「そう……。わたくしが当主になる事で、屋敷内に不安があるのではないかと心配していたのだけど。貴方がそう言うなら、杞憂《きゆう》のようね」

筆頭執事であり、使用人たちの頂点たるシュウがそう言うのなら、不安や不満の声は上がっていないのだろう。屋敷内にはシュウの目が届かぬところなどない。

「そうね。貴方たちのような優秀な者が側にいてくれるなら、わたくしは何も心配ないわ」

「ありがたきお言葉です」

恭しく一礼するシュウに、エリスは悪戯っぽく笑った。

「わたくしにはこんなに優しいのに。実の息子には厳しいのではなくて？　シュウ」

途端に、シュウの顔が苦々しく歪んだ。

「愚息には、手ぬるいぐらいです」

「懲罰房に行ったら、ハルがボロボロだったわ」

エリスが咎めるが、シュウは頑《かたく》なだ。

「愚息は、覚悟も鍛錬も足りておりません。エリス様のお側に侍るには、あの程度の男では話にもなりません」

氷のような冷たさで息子を断じるシュウに、エリスは似たもの親子だわと嘆息《たんそく》する。

「エリス様。愚息に目を掛けていただくのは、大変光栄でございます。ですが、ラース家の筆頭執事として、愚息をお側に置く事に、私は賛成致しかねます」

シュウの強い言葉に、エリスは首を傾げた。こんな風に言葉を荒げるシュウは珍しいのだ。

「あら？　どうしてかしら。ハルはわたくしの専属執事を務める事ができるのよ？　他よりも抜きんでて優秀だと思うのだけど」

「確かに、専属執事程度ならば問題ありませんが。エリス様を見つめ、焦がれて追いかけるだけの男に、当主の伴侶は務まりません。感情を優先して、エリス様のお手を煩わせるなど、もってのほかです」

どうやらシュウは、王宮でのハルの失態に腹を立てているようだ。

「そうかしら？　狼狽《ろうばい》しているハルは、いつもと違って可愛らしかったわよ？」

変態ながらもいつもは冷静沈着なハルが、珍しく感情も魔力も抑えられずに暴走するさまは、別人を見ているようで、とても楽しかったのだが。

「可愛いなどと、とんでもない。あんな男を選んでは、後々、エリス様が苦労なさいます。ええ、断固、反対です」

やはり、ハルには厳しいと、エリスは困った笑みを浮かべる。

「でもシュウ。ハルは今まで以上に努力すると言ってたわ」

「口だけはなんとでも言えましょう。エリス様、愚息を甘やかしてはいけません。奴は、エリス様のお優しさにつけ込んで、どんな手を使ってでも貴女様を手に入れようと企《たくら》む、悪しき者なのですよ？」

実の息子に身も蓋《ふた》もない評価を下すシュウに、エリスはころころと笑い声を上げた。

「ふふふ。そうね。気をつけなくてはいけないわね。でも、ハルが何を企んでくれるのか。今から楽しみだわ」

「エリス様……」

シュウが嘆《なげ》きと共に吐き出した溜息は、紅茶の香りに紛《まぎ》れて、どこかへ消えていってしまった。

◆◇◆◇◆

凄い勢いで階段を駆け上がってきたダフは、一目散に自分の部屋へ駆け込んだ。

「ちょ、ちょっと？　ダフ？　どうしたの？」

廊下でダフとすれ違ったラブは、その尋常ではない相方の様子に驚き、ダフの部屋に押しかけた。しかし、ドアにはカギが掛かっており、開ける事はできなかった。

「ちょっと？　ダフ？　どうしたのよ。具合でも悪いの？　また冷たいジュースを飲みすぎたの？」

「……」

トントンとドアを叩いても、全く返事はない。ラブは心配になって、ドアノブに杖を向ける。

「開錠！」

ラブの魔術でぼきっとドアノブが根元から折れ、ドアが開く。開錠とは名ばかりの力任せの魔術だが、あとで直しておけばいいので、問題はない。

「ダフ？　入るわよ？」

返事をもらう前にずかずかと中に入ると、ベッドの上に特大の芋虫《いもむし》がいた。

「ダフ？　どうしたのよ。やっぱりお腹壊したの？」

布団を引っぺがすと、真っ青な顔でダフが震えていた。こんなに怯える相方は珍しい。ラブが笑いを引っ込めてベッドに腰かけると、ダフは怯えきった目を向けてきた。

「ちょ、ちょよ、懲罰房を、覗きに行ったんだ」

「懲罰……房、って、あんた」

ダフの言葉に、ラブは思いきり顔をしかめる。

「だって。ハル兄ぃのお仕置きなんて、面白そうだし。それに、父上の戦う姿なんて、滅多《めった》に見られるもんじゃないし」

ラース侯爵家に仕える使用人《猛者》たちの頂点は、紛れもなく筆頭執事を務めるシュウ・イジーだ。父が長年、筆頭執事の座に就いているのは、ラース侯爵からの信頼が厚いのもあるが、何より、使用人の誰よりも圧倒的に強いからだ。父は50をいくつか超えているはずだが、その強さは不動だ。あのハルですら、シュウにかかれば赤子同然にあしらわれる。シュウとハルの対決を見たいと思うダフの気持ちは分かるが、ラブだったら絶対にそんな場所には近づかない。どんなとばっちりを食らうか、分からないじゃないか。

「さすがのハル兄ぃでも、父上には敵《かな》わなくて、ぼっこぼこにされていたんだけど。父上の制裁が終わったあと、懲罰房の魔力縄が、作動してさ」

「うわー」

ラブは、ダフの話からその様子を想像して、げんなりした声を上げた。父の制裁なんて悪夢でしかない仕打ちのあとで、魔力縄に縛られるなんて。

どういう仕掛けか分からないが、ラース侯爵家の懲罰房に入れられると、動きと魔力を封じる強力な魔力縄が飛んできて、雁字搦めに締め上げられる。時間感覚が狂わされる魔術陣も施されているため、わずかな時間でも数時間、最悪の場合、数年が経つように感じるのだ。身動きできず、魔力も封じられ、制裁による痛みもそのままで数年感覚で放置されるなんて、錯乱《さくらん》してもおかしくない。

「え？　ハル兄様、大丈夫なの？」

　いつも双子を脅《おびや》かす暴君《兄》とはいえ、さすがに気の毒だと、ラブは父の叱責を覚悟で助けに行こうかと迷った。しかし、ダフはラブを鋭い声で制した。

「馬鹿、絶対に懲罰房に行くのはやめておけって！」

「でも……」

「確かに、父上の制裁は恐ろしかったし、ハル兄ぃは血だらけで魔力縄に縛られていたけど！　俺が怖かったのは、それじゃないんだよ！」

　ダフが再び布団を被り、悲鳴じみた声を上げる。

「魔力縄がさ。ハル兄ぃをぐるぐる巻きにしてて。首とかにも巻きついてて、ハル兄ぃ、苦しそうでさ。このままじゃ息もできずに死んじゃうかもって、俺、父上がいなくなったあとに、助けようと思ったんだよ」

「う、うん」

　ダフも父の叱責を覚悟の上で、兄を助けようと行動したらしい。だがなぜ、こんなに怯えているのか。もしや、助けようとしたところを、父に見つかったのか。

「ハル兄ぃに駆け寄ってさ。魔力縄をほどこうとしたらさ。ハル兄ぃが、すっげえ怖い顔で、怒ってさ」

「え？」

理解できずに、ラブはダフの顔を見つめる。助けに来たダフに、なぜ怒るのか。父の怒りを受ける覚悟で助けに来てくれたら、ラブなら涙ながらに感謝する。

まさかあの兄が、父の制裁を真摯に受け止めるために、あえてダフの助けを拒んだのだろうか。そんな殊勝《しゅしょう》な性格だったかと、ラブは腑《ふ》に落ちなかったのだが。

「邪魔するなって」

「うん？」

「『エリス様の魔力に包まれる至福の時を、邪魔するな』って。すっげえ気持ち悪い笑顔で言われたんだ……」

「はぁ？」

ラブは声を上げたが、唐突に意味を理解して、ざっと鳥肌を立てた。

ぼこぼこに死ぬほど痛めつけられて。動きも魔力も封じられて。時間間隔も狂わされて、回復もできず、延々と痛みが続くような状態で、錯乱してもおかしくないのに。

あの兄《変態》は、そこから救ってくれるであろう弟の助けを、『エリス様の魔力を堪能するため』に、断ったのだ。

「あの恍惚《こうこつ》とした顔が！　すっげぇ、気持ち悪くって！」

「ちょっと！　筋金入りの変態じゃない！」

実の兄である事が心底悔やまれるぐらい、気持ちが悪い。

ダフが布団に逃げ込んだ気持ちが嫌というほど分かって、ラブは鳥肌が立つ腕をさすった。

大体、懲罰房に入れられたのは、エリスに逆らったからだ。反省など、全くしていないのではないだろうか。

いや、ぼっこぼこに殴られて意識が飛んで、本能だけが研ぎ澄まされたがゆえの、変態発言なのかもしれない。どちらにしても救いはない。

「ううー。いやー。あの兄と、同じ血が流れているのがいやー」

涙目で身を振る。

「縁を切ってもなぁ。血族である事は変わらないんだよなぁ」

やはり、兄は暴君だ。

弟妹を、こんなに絶望的で、どうしようもない気分にさせるのだから。

2部　平凡な令嬢　エリス・ラースの憂鬱

序章

身体を締める力に抗《あらが》う事ができず、魔術師団長は、ようやく恐怖を感じ始めていた。

「ぐ、ぐ、ぐ、ぐ」

魔術を発動しようと詠唱しても、発動に必要な魔力は身体の中に縛りつけられていて、ただの力ない言葉だけが空に散っていく。どんなに身を捩っても、身体に巻きついたものは剥《は》がれなかった。

「どうしてだ。こんなはずは。馬鹿な、この私が」

頭の中は、疑問と混乱で占められていた。こんな事は初めてだった。今までどんな強敵だろうと、魔力を封じられるなんて事はなかったのに。

魔術師団長が驚愕《きょうがく》するのも当たり前だった。彼は魔術大国と名高いこのジラーズ王国で、自分以上に魔術に長けた者はいないと自負していた。それなのに、なんの抵抗も出来ないまま不可思議な縄で縛られ、無力化されてしまったのだ。

「ふふふ。こんなに強い相手を捕らえる事ができるなんて、ついていたな。やはり俺は誰よりも優れた魔術師なのだ。国一番の魔術師だって、俺に傷一つ、つける事ができやしないのだ」

魔術師団長を縛り上げた男が、含み笑いをしながら近づいてきた。地に倒れ伏す彼を足先でつつき、哄笑《こうしょう》を上げた。

「お前は何者だ！　私をどうするつもりだ！　こ、殺すつもりか！」

魔術師団長は湧《わ》き上がる恐怖を堪《こら》えながら、精一杯の虚勢を張った。生まれた頃から身体の内にあり、当たり前のように扱っていた魔力が動かない。いくら魔術陣を描いても、発動しない。魔術に絶対の自信を持つ彼にとって、それは己の根幹を揺るがすほど、信じがたい事だった。

「まぁ、最終的には死んでもらうつもりだが。その前に、その豊富な魔力で役立ってもらおう」

男は小さな眼鏡を取り出した。男は小柄だが、それにしたって小さすぎる眼鏡だった。

「ほぉぉ。魔力量が常人の倍以上あるじゃないか。これは、思った以上の成果だな。適性魔術は水か」

眼鏡を掛け、魔術師団長を覗き込んで、男は満足そうに頷いている。だが、魔術師団長はその言葉に驚愕した。秘匿《ひとく》されているはずの魔力量や適性魔術を、なぜ、この男が知っているのか。

魔術師団長は、自分の適性魔術や魔力量を世間に公表していなかった。武人や、特に魔術師は、己の魔力量や適性魔術を知られる事を極端に嫌う。それらを他人に知られると、己の弱点を晒す事になるからだ。魔力量が分かれば、どれぐらいの魔術を、何回使えるのかが予測できる。また適性魔術を知られれば、逆の属性の魔術で対抗され不利になる。魔術師団の団長の情報ともなれば、国の防衛に影響を与えるほどの重要なものだ。

魔力量や適性魔術を測る魔力水晶は、神具として大教会などで厳重に保管されている。鑑定魔術で測れるとも聞くが、そもそも使い手の数が少ない。鑑定魔術の使い手は、王家や大貴族に囲われてしまうのが常だ。

隣国ロメオ王国では、魔力量を測る魔道具が先頃開発されたそうだが、今はまだ国外への持ち出しが禁じられており、ロメオ王国内で厳重に保管されていると聞く。もしもその魔道具が本物ならば、国家間のパワーバランスを崩すような代物だ。ロメオ王国の措置は当然であろう。

それなのに、一体どういう事なのだろうか。こいつは、鑑定魔術の使い手なのだろうか。この身体に巻きつく縄もおかしい。捕らえた相手の魔力を封じる魔道具など、聞いた事もない。

なぜこんなおかしな魔道具を持っている？

　得体の知れない恐怖が彼を襲う。魔術師団長としての矜持《きょうじ》は吹き飛び、敵の前から逃げ出そうと、縛られたまま必死で身体を引きずって、男から遠ざかろうとした。

「ハハハハハ。お強い魔術師団長様が、まるで芋虫のように地面に這《は》いつくばって。惨めだなぁ、いい気味だ。アハハハハ」

　男は逃げる男にゆっくりと近づいてきた。嘲《あざけ》るような笑みを浮かべ、魔術師団長の無様《ぶざま》な姿に満足しながらゆっくりと。

　やがて追いついた男は、慈悲《じひ》深い笑みを浮かべた。不気味なほど柔らかな声で言う。

「我らドーグ・バレに、その魔力を捧げてもらおう」

◆◇◆◇◆

　彼の一番古い記憶は、大人の女に殴られているところだった。

　酒の匂いと、汚い部屋。太った女が、何かよく分からない事を喚《わめ》きながら殴りつけてくる。

　それはいつもの事だから、怖いとか痛いとか感じる事はあまりなかった。

　いつの間にか女はいなくなり、側には自分より小さな子どもがいた。汚い部屋から雪のちらつく外へ、薄着のまま追い出されて、彼は仕方なく小さい子を背負って歩き出した。その場に留まれば、女にも、女と一緒にいる男にも殴られるからだ。

腹は減るし、背負った子どもは重かった。川面に映った自分の顔と、小さい子の顔は似ていたので、たぶんこの子は弟というものなんだろう。自分の名前も知らないから、弟の名前ももちろん、知らない。それでも見捨てる事はできなくて、いつも一緒にいるようになった。

そしてある日、大人の男たちに囲まれたと思ったら、弟と彼は捕まった。『スゴイマリョクリョウダ』とかなんとか、わけの分からない事を言われ、あっという間に縄でぐるぐる巻きにされ、知らない部屋に閉じ込められた。

寒さは外よりマシだったが、病気ですぐに死にそうだから無駄になると言われ、弟の分の食事はもらえない。そもそも彼の分として与えられる食事の量も少なくて、それを2人で分けるから、お腹がずっと空いていた。外なら、誰かが捨てた残飯を食べたり、草を食べたり、川の水を飲んで空腹を満たせたのに。ここに閉じ込められてからはそれができなくて、動く事すら段々と難しくなっていった。彼より小さな弟は、声も上げず、動かなくなっていった。

それからの記憶はほとんどない。ある日、突然目の前が明るくなって、眩《まぶ》しくて目を開けると、栗色の髪と茶色の瞳の女の子に覗き込まれていた。彼よりも小さな女の子だ。その子はキラキラした服を着て、柔らかそうで、なんだかとてもいい匂いがした。

寝ている場所も凄かった。チリ一つ落ちていない床。割れていないピカピカの窓ガラス。綺麗なシーツ、温かな布団、湯気《ゆげ》の立つ食事。

死んだら女神の御許《みもと》に行くと、前に施しをもらった時に教会の人が言っていたけど、ここがそうなのかなと、彼は思った。

「貴方、大丈夫？　怪我はお兄様が全部治してくださったわ」

女の子はじっと彼を見つめ、静かにそう言った。そういえば、ずっと辛かった腕やお腹や背中の痛みがなくなっていた。男たちに捕らえられ、殴られたり蹴《け》られたりしたところだ。

「一緒にいた小さい子は、貴方の弟？」

そこで初めて、彼は弟が側にいない事に気づいた。

彼が頷くと、女の子の瞳が揺らめいた。

「そう。あの子は助からなかったの。死んでしまったのよ」

死んだ。

そう聞かされても、彼はぽかんとするだけだった。

弟は小さくて弱々しかった。ずっと咳をしていて、苦しそうだった。最後に覚えているのは、真っ白な顔と、寒さで縮こまっていた小さな身体。

そうか、死んだのか、としか思えなかった。

「貴方、名前はなんというの？」

女の子に問われ、彼は困った。弟は彼の事を兄ちゃんと呼んでいたが、それは名前ではない事を、彼は知っていたから。

黙って視線をうろうろさせる彼に、女の子は静かに聞いた。

「貴方、名前がないの？」

彼は恐る恐る頷いた。頬がカッと熱くなる。名前がない事を周りの奴らにバカにされたのを思い出していた。奴らは口を歪めて嗤《わら》ったのだ。親に名前すら付けてもらえなかったのか、と。

今回も笑われるのかと、彼は俯《うつむ》いた。

「そう……。では、わたくしが、貴方の名前を付けていいかしら」

でも女の子は笑わなかった。そればかりか、名前を付けると言われ、彼は驚いた。そんな事をしてもいいのだろうか。

だけど彼は、恐る恐る頷いた。名前があったら、もうバカにされる事はない。

「そうねぇ。わたくしの名前は、エリスというの。貴方の名前は、わたくしの名前とお揃いの、エリフィスという名前にするわ」

にっこりと女の子が笑って、彼の頭を優しく撫でた。小さな女の子が、お人形に自分とお揃いの名前を付けるように、彼の名前は簡単に決まったのだ。

エリフィス。彼の名前。初めてもらった。彼の名前。

「よろしくね、エリフィス」

そう呼ばれ、女の子は優しく頭を撫で続ける。彼は胸の中がポカポカするのを感じた。彼よりも小さな手なのに、その手に撫でられると、なぜか安心できた。

その時、ちょっとだけ、彼は悲しい気持ちになった。弟も、生きていたらこんな風に、優しく撫でてもらえたかもしれないのに。

弟は、こんなにポカポカした胸の温かさを感じる事は、もうないのだ。

女の子に撫でられ、ふわふわした気持ちになって、彼の瞼《まぶた》は自然に閉じていく。一生懸命、目を開けようとしても、気持ちよさにどうしても抗えなかった。

「わたくしが貴方を守るわ。わたくしが、貴方が強くなれるように育ててあげる。そして……、いつか貴方が望むのなら……、その時は……」

女の子の優しい声は続いていたが、眠りに落ちた彼の耳には、届かなかった。

1章　平凡な令嬢の優秀な弟子

エリス・ラースは平凡な令嬢である。

栗色の髪と茶色の瞳。大人しく、少し内気な、どこにでもいる普通の令嬢だ。

毎日真面目に学園に通い、成績は中ぐらい。少しだけ魔術と算学が苦手。マナーと音楽の授業が好き。

ラース侯爵家は、ロメオ王国のいくつかある侯爵家の中でちょうど真ん中くらいの地位だ。領地は田畑が広がる長閑な田舎で、領政は安定しているが目立った産業はない。大きな収益もないし負債もない。地味だが堅実な領地経営を行っている。

そんな平々凡々なラース家から、ある日、重要な発表があった。何事も恙《つつが》なく、目立たず出しゃばらずなラース家にしては、珍しい事だ。

発表の内容は、ラース侯爵家の後継ぎが、嫡男のハリーから妹のエリスに代わったというものだ。

後継者変更の理由は、侯爵家嫡男ハリーの持病の悪化であった。ハリーは発表がある数カ月前から、苦しそうにゴホゴホと咳き込んでいた。それでも毎日王宮に出仕していたが、あまりの咳の酷さに同僚たちが休みを促すほどだった。ハリーの持病は空気の綺麗な場所、例えばラース侯爵領のような、長閑な田舎で静養すれば自然と回復するものだったが、王宮に勤める事が必須の高位貴族が王都を離れるのは難しかった。

生真面目なハリーは病を押して働いたが、とうとう、寝台から起き上がれぬほど、病状が悪化してしまった。

ハリーの病状を考慮して、ラース侯爵は侯爵家の後継ぎを妹のエリスに変更すると決めた。しかし、エリスはまだ学園に通う学生の身であり、ラース侯爵が未だ現役で王宮勤めをしている事からも、正式な後継ぎの変更は、エリスが学園を卒業してからとなった。

それを聞いて、ハリーも安堵したという。この身体ではとても後継ぎは務まらないと、生真面目な彼は悩んでいたのだ。妹のエリスも、そういう事情ならばと、覚悟を決めて後継ぎとなる事を了承した。ラース家の後継ぎ交代は、泥沼の後継争いとは無縁の、実に平和的なものだった。

幸いな事に、ハリーと婚約者の仲が非常に良好だったため、婚約は続行された。今後ハリーは、婚約者と共に領地に移り住み、現侯爵の兄である伯父の仕事を手伝う事になっている。

次のラース侯爵が女性であるという噂は、社交界を風のように駆け抜けたが、それほど大きな話題にはならなかった。なぜなら、革新的な今代の王の施策の下、少なくない数の女性の後継ぎが他家でも立っていたからだ。

それには、ロメオ王国の有力侯爵家であるリングレイ家の嫡男と、ボレー伯爵家の長女の縁組が大きく影響していた。互いに家の後継ぎであり、到底2人には婚姻など許されるはずもなかったが、夜会で出会った2人は運命のように強く惹かれ合い、並々ならぬ努力と熱意で周囲を説得し、リングレイ家の嫡男が伯爵家へ婿《むこ》入りする形でその恋を成就させたのだ。しかもボレー伯爵位は、長女が継承するとして。

ロメオ王国の法によれば、女性も爵位を継ぐ事ができる。しかし、これまでの風潮では、慎《つつ》ましく夫を支える事が女性の美徳とされていた。そのため女性が爵位を継ぐのは、当主が急病で倒れ、他に後継ぎがいない場合の中継ぎなど、特別な場合だけだった。

だが、ボレー家は、侯爵家と伯爵家双方の話し合いにより、長女が伯爵家を継ぎ、その夫として侯爵家の元嫡男が女伯爵を支えるという、新しい形での爵位継承が決まったのである。これはボレー伯爵家の長女が、領地運営に非常に熱心だったからだ。彼女が女当主として立ち、そのサポートを婿がした方が合理的で、かつ伯爵家の正当な血統を保てるという理由からであった。

この両家の決定は、社交界を大きく賑《にぎ》わせた。女当主への反発もなくはなかったが、王が彼らを支持したため、大きな問題にはならなかった。今代のロメオ国王は、革新的な取り組みで国を富ませていたので、保守派の貴族といえど、その権勢には慮《おもんぱか》るしかない。

このボレー伯爵家の例を機縁に、王に迎合したいくつかの貴族家が、娘を後継ぎにする事を表明し、女性も男性と同じく、当主として家を継ぐのは当たり前という風潮に傾いていった。悪い言い方をすれば、女性が爵位を継ぐ事が流行っていったのだ。

今回のラース侯爵家の後継ぎの変更も、時流に乗ったものの1つとして扱われた。段々と流れに慣れてきていた社交界では、さほど取り沙汰される事もなかった。

こうしてラース侯爵家の後継問題は、その地味なお家柄同様、ひっそりと世間に受け入れられたのだった。


「まあ、エリス様。お久しぶりでございます。お兄様のお加減は、いかがでしょうか？」

「突然の事で驚きましたわ」

久しぶりに学園に登校すると、仲のいいご令嬢たちにそう声をかけられ、エリスはホッと頬を緩めた。

「皆様にはご心配をおかけして申し訳ないわ。わたくしも、兄の病状が悪化してどうなる事かと心配しましたが、空気の綺麗なところで静養すればよくなるだろうとお医者様が仰っていたので、安心しましたわ」

ほんの少し疲れた様子を見せながらも、いつもの朗らかな笑みを浮かべるエリスに、友人たちは安堵の息を漏らす。ラース侯爵家の後継ぎ変更が発表されたあと、エリスは数週間、学園を休んでいた。兄の病状の悪化だけでも心労の種だというのに、突然侯爵家を継ぐ事になり、どちらかというと大人しい性質であるエリスが重責に押し潰されてはいないかと、心優しい友人たちは心配していたのだ。

「わたくしに務まるかは分かりませんが、お父様の決めた事ですから。お父様も、わたくしの伴侶にしっかりした方を選ぶから心配ないと……」

ポッと頬を染め、エリスは恥じらうように友人たちから目を逸らす。その様子に心配はどこかへ飛んでいき、友人たちはキラキラした目をエリスに向けた。

「まぁ。もう候補の方は決まっていらっしゃるの？」

「エリス様はお会いになったの？　どんな方かしら？」

「もしかして、お茶会にお招きいただいた時、お側にいらっしゃった、専属執事のイジー様？」

「まぁぁぁ！　素敵！　あのラース侯爵家のお茶会での麗しいご様子、今思い出しても溜息が出るわ。イジー様ならエリス様にピッタリだわ！　専属執事とお嬢様の秘めた恋。素敵、物語みたいだわ！」

「まぁ、皆様、恥ずかしいわ。およしになって、そんなお話」

きゃあきゃあと大好物の恋バナに興奮を抑えきれない友人たちに囲まれて、エリスは頬を赤らめる。久しぶりに会う友人たちとの戯れに、心が弾んでいた。

だから、休み時間とはいえ教室で騒ぎすぎて、ほんの少し、皆の注目を集めてしまったかもしれない。

「全く。嘆かわしいわ」

刺々《とげとげ》しい声がエリスたちに降り注ぎ、興奮気味だった友人たちがびくりと肩を震わせ、ぴたりと口を閉ざす。

「貴女たち。女性の爵位継承について、そんな浮ついた考えしかないだなんて、学園の生徒として、不謹慎ではなくて？」

声の主は、クラスの中心的な人物である、レイア・パーカー嬢だった。パーカー侯爵家の長女にして、法務大臣の父を持ち、学年上位の成績を常にキープしている才女だ。身分的にも能力的にも未来の王妃すら夢ではないと言われている。だが本人は、王妃よりも女性初の大臣を目指したいと明言する、革新的な考えの持ち主だ。自分を厳しく律し、他者にも厳しい。剣術を嗜《たしな》み、論争で男子生徒を言い負かしてしまう、勝ち気な美女だ。

クラスの華やかなグループのリーダー的な存在であるレイアに睨まれ、エリスたちは気まずそうに下を向く。確かに家の大事に、浮かれた態度だったと思い当たったのだ。

「陛下は、これからは女性も男性を支えるばかりではなく、貴族として自らその責任を果たすように望んでいらっしゃるわ。実質は男性に頼りきりのお飾りの女当主など、意味があるのかしら？　それなら慣例通り、婿を取ってその方を当主になさったらどうかしら？」

迫力のある美貌を持つレイアの率直な意見に、エリスはビクリと肩を竦めた。こういう時に頼りになる護衛のダフと、しっかり者の侍女のラブは、授業のため初等科のクラスに戻っている。エリスを庇って取りなしてくれる者はいない。言い返す事もできずに、エリスは悄然と俯いた。

「女性の爵位継承は前例のない事だから、法務大臣である父は、陛下の政策を整えるために昼も夜もなく働いて大変な苦労をしたのです。軽い気持ちで口にして欲しくないわ」

言葉は丁寧だが、軽蔑《けいべつ》の混じった冷ややかな声で注意され、エリスや友人たちは小さくなって、謝罪を口にした。どちらかというとクラスで目立たないエリスたちと、優秀なレイア嬢とが揉めるさまを珍しがり、クラスメイトたちはサワサワと囁き合った。

そこに授業開始を知らせる本鈴が鳴り、教師がやってきたため、話は有耶無耶《うやむや》のまま終わってしまった。

それ以降、レイアはエリスたちに絡んでくる事はなかった。元々、レイアと仲良しの華やかで優秀なご令嬢たちと、大人しめなエリスと友人たちとは、クラスメイトである以外の接点はない。これまで以上に関わりが薄くなったぐらいで、双方に支障はなかった。レイアたちの目に留まらぬように、今まで以上にエリスたちは大人しくし、教室で騒ぐ事はなくなった。

クラスにはしばらくぎこちない雰囲気が漂っていたが、時間が流れると薄れ、その小さな諍《いさか》いは、平凡な日常の中の、ちょっとした出来事として、次第に皆の記憶から忘れられたのだった。

◆◇◆◇◆

エリフィスは魔法省の副長官である。平民であるため、家名はない。

魔法省では、王家の血を引く公爵が長官職に就いているが、エリフィスはそれに次ぐ副長官の地位である。彼は平民でありながら、圧倒的な実力でもってのし上がり、副長官の地位に就いた。言うまでもないが、平民としては前例のない、破格の出世である。

蒼髪《そうはつ》に翡翠《ひすい》の瞳の野性味溢れる美貌と、騎士のように鍛え抜かれた身体。品行方正でありながら、相手が高位貴族であろうと怯《ひる》まぬ胆力《たんりょく》。

彼への王の信は厚く、多大な功績から叙爵《じょしゃく》の話も持ち上がっている。彼は良い嫁ぎ先として、下位貴族の未婚のご令嬢たちからの熱い視線を、一身に集めていた。夜会に参加すると、ダンスを踊りたいご令嬢たちが列をなすほどのモテぶりだ。

そもそも、エリフィスがこれほど出世し、注目を集めるようになったのには理由があった。

魔法省はそれまで、研究職が大半を占めていた。功績も魔道具の改良や魔法薬の開発など、有益だが非常に地味なものばかりだった。華やかな実戦部隊である魔術師団に比べ、何をしているか分からない、地味な変人の集団と見られていて、魔術師の就職先としてさえ魔法省は不人気だった。

その認識が大きく変わったのは、魔法省に入ったばかりのエリフィスが、魔獣の暴走を引き起こす『魔力溜まり』の存在を解明したためだった。

数年に一度の周期で、各地で前触れもなく発生する魔獣の暴走。人里近くで起これば、人的にも経済的にも大きな被害をもたらす。この魔獣の暴走は、森や沼地などに存在する『魔力溜まり』から溢れ出た魔力が、周囲の野生生物や魔獣を狂わせ、変異させて起こる事を、エリフィスは突き止めた。

『魔力溜まり』は、高位神官が浄化すると魔力の濃度を薄められる。『魔力溜まり』の濃度を定期的に測定し、閾値《いきち》を超える前に浄化を行うと魔獣の暴走を未然に防ぐ事ができるが、鑑定魔術や魔力水晶でしか濃度は測れない。鑑定魔術の使い手は限られており、魔力水晶は希少なものなので、国中の『魔力溜まり』の発生を予測するのは不可能かと思われた。

ところが、それを解決するために、これまたエリフィス主導の下、魔法省の魔術師たちが、あっさりと魔力測定器を作ってしまった。これは、『魔力溜まり』の発見以上の快挙だった。魔力量や魔力属性を容易に測れる測定器の開発は、ロメオ王国内のみならず、周辺国家に大きな衝撃を与えた。これがあれば、『魔力溜まり』の測定にとどまらず、日常でも様々な事に活用できるからだ。

例えば、冒険者ギルドでの冒険者の魔力測定や、騎士団での新人兵士の魔力測定。あらかじめ魔力を測定する事で冒険者や兵士の能力が分かり、訓練を効率的に行える。また、幼い頃から魔力量や適性が分かれば、その能力を伸ばしやすい。

現在、魔力測定器は、ロメオ王国の管理下に置かれ、他国への提供及び国内での使用については国王の裁可を要する事になっている。量産体制が整っていないせいもあるが、まずは『魔力溜まり』への対策が第一とされたからだ。魔力測定器は国内の要所ごとに設置され、盗まれないように結界魔法で厳重に封じられている。

これら必要な箇所への設置が終われば、魔力測定器の活用場所を広げていく計画になっている。既にいくつか設置された魔力測定器は『魔力溜まり』を発見し、被害を未然に防ぐ成果を上げていた。

この画期的な発見と発明により、ロメオ王国内において魔法省は、地味な変人の集まりから、将来有望なエリート集団として注目を集めるようになった。魔術師団と人気を二分するほどになり、実戦の魔術師団、知能の魔法省と言われるまでに評価が変わった。

そんな今を時めく魔法省の副長官にして、人望があり、将来を約束されたエリフィスだが、それはあくまで表向きの顔だ。

彼には、ロメオ国王以上に忠誠を誓う相手がおり、魔法省の副長官よりも大事な任務があった。

ラース侯爵家に、来客を知らせるドアベルがリリンと響いた。

その瞬間、銀食器を磨いていたハルの額に青筋が浮かび、全身から膨大な魔力が迸《ほとばし》る。

「うぎゃあっ！　なんだよ、ハル兄ぃ？」

慣れない執事服を着け、ハルの隣で懸命に銀食器を磨いていたダフが、魔力の余波で部屋の隅まで吹っ飛ばされた。弟の抗議には目もくれず、ハルは銀食器をテーブルに置くと、その場から忽然と消えた。

「な、なんだ？　侵入者か？」

守護結界の魔術陣の揺らぎを感じた途端、少し離れたところから聞こえる、物騒な爆発音。

ダフは手にしていた銀食器を置き、剣を抜いて部屋を飛び出した。音と魔力の揺らぎを頼りに、辿《たど》り着いた場所では。

「うわぁー」

ダフはげんなりした声を上げた。いつの間にか双子の片割れであるラブもいて、声も出さずにその光景をうんざりしたように見ている。双子だから、感じる事は一緒なのだ。

「誰よ、あの2人を会わせたの。混ぜるな危険の筆頭じゃない」

「知るかよ。そんな事よりあの壺《つぼ》、奥様のお気に入りのやつだ！　割ったら怒られる」

「バカね。壺より屋敷が崩壊するかもしれないわよ。あぁぁ。私の結界程度じゃ、あのバカ2人に太刀打《たちう》ちできないぃ。地味にムカつく」

イジー家の優秀な双子は屋敷の崩壊を防ごうと必死に駆けずり回るが、元凶どもはそんな2人の涙ぐましい努力など、お構いなしだ。

「先触れもなく貴族の屋敷を訪れるなど、相変わらず礼儀がなっていない野良犬《のらいぬ》だな！」

ハルの懐から放たれたナイフとフォークが、侵入者に向かって矢のように一直線に飛んでいく。遠慮も手加減もないその一撃を、侵入者は軽く身体を引く事で躱した。躱した先にあった奥様お気に入りの壺に、ナイフとフォークが突き刺さり、バリンと大きな音を立てて割れる。

しかし瞬時に復元の魔術陣が起動し、何事もなかったように壺は元に戻った。

先ほどのお返しと言わんばかりに、侵入者から魔術陣が放たれる。大人の背丈ほど大きな魔術陣は、青い光を放ちながら網のように広がって、ハルを襲った。

「先触れに送った使い魔を返り討ちにするばかりか、幻影の魔術陣で屋敷を覆って、辿り着けないように細工したのは貴方でしょう。あの程度の術で私の目を誤魔化《ごまか》そうなどと、侮られたものです」

魔術陣はハルの身体に絡みつき、轟々《ごうごう》と炎を噴き出したが、ハルは煩わしげに手を一振りして掻き消した。炎に巻かれたはずなのに、執事服には焦げ目一つなく、綺麗に撫でつけた銀髪には一筋の乱れもない。怒りのオーラと共にハルの全身から紫電が放たれているが、凍《こお》りつくような瞳は冷静そのものだった。

「ふん。相変わらず魔力を無駄遣いして。それだから貴方は三流執事のままなのです」

「うるさい、野良魔術師」

黒に銀糸の刺繍《ししゅう》を重ねた魔術師のローブを美しく着こなした侵入者は、鼻を鳴らしてハルを嘲る。そんな挑発には一切乗らず、ハルは全力で敵を倒すため、懐に手を入れた。

「あら、お客様はエリフィスなの？」

鈴を転がすような声が、ハルと侵入者の耳朶《じだ》を打つ。

瞬時に殺気と魔力と暗器を綺麗に仕舞い込んだハルと侵入者は、２人仲良く並んで声の主に向き直った。

「「エリス様」」

薄い藤色のドレスを纏ったエリスが、満面の笑みを浮かべてそこにいた。図書室からの移動中だったのか、青い表紙の詩集を手にしている。

「まぁ。素敵なお花ね」

エリスは、エリフィスが収納魔法から出した薔薇《ばら》の花束を見て、目を見開いた。薄い桃色の花弁と、辺りに広がる高貴な香りに、うっとりとした笑みを浮かべる。

「我が君」

エリフィスがエリスの傍らに跪き、恭しく花束を捧げる。

「ラース侯爵家の後継ぎにお決まりになった事、心からお祝い申し上げます」

「あら。お祝いに来てくれたのね」

エリスは花束を受け取り、その香りを胸一杯に吸い込んで楽しんだ。花束を抱えたエリスは、薔薇の美しさに負けぬぐらい可憐《かれん》で優美で可愛らしく、約1名の執事と、約1名の魔術師の胸を見事に撃ち抜いていた。

「先触れもなく訪ねてしまいご無礼を。何やら行き違いがあったようです」

頬を染めてゴホンと空咳《からぜき》をして気を取り直し、穏やかに詫《わ》びるエリフィスに、エリスは苦笑した。そしてハルを軽く睨む。

「ハル……。悪い子ね？」

エリフィスの先触れを追い返したのであろう張本人は、エリスの叱責に、とろりと笑み崩れた。これぐらいの叱責は、ハルにとってはご褒美だ。悪戯をしても全く反省はしていないその様子に、エリスは小さな溜息を吐いた。

「それにしても久しぶりだわ。少し痩《や》せたのではなくて？　忙しいのは分かるけど、無理をしてはダメよ？」

姉のような眼差《まなざ》しで、エリスはエリフィスの頬を撫でた。以前に会った時よりも、顎《あご》の辺りが鋭くなっている気がして、心配になった。手ずから育て上げた出来のいい弟子を、エリスはことのほか可愛がっているのだ。

「私の全ては我が君のために。忙しさなど、感じません」

頬に触れた手をうっとりと堪能するエリフィスに、エリスは困った笑みを浮かべた。

「わたくしのために働いてくれているのは嬉しいけれど。身体を壊すような真似は許さなくてよ？」

甘やかに叱られて、嬉しそうにニヤけるエリフィス。その背中を、ハルがギリギリと歯を鳴らして悪鬼の表情で睨みつけていた。何やら禍々しい魔術陣がいくつもハルから放たれたが、エリフィスは目視もせずに次々と無効化している。

「高度だけど、心底バカバカしい戦いよね」

「将来、どんなに強くても、あんな大人にはなりたくねぇよな、絶対」

能力では劣るが、中身ははるかに2人より成熟している双子は、冷めた目でダメな大人の見本を眺《なが》めていた。


場所をラース侯爵家の庭に移し、エリスとエリフィスはお茶を楽しんだ。もちろん、専属執事たるハルが給仕を務めている。

ハルは客用のお茶に無味無臭の猛毒を入れ、それをエリフィスに完璧に無効化されても眉一つ動かさないポーカーフェイスで控えている。エリフィスも、無効化されたとはいえ毒が入っていた紅茶に躊躇《ためら》いなく口をつける。香りも味も最高級の茶葉で、美味だった。

「我が君が侯爵家の後継ぎになるとは。驚きました」

「わたくしは嫌だったのよ？　でも、お兄様の下準備のよさに、負けてしまったわ」

エリスは嘆息しながらお茶の甘い香りを楽しんだ。ハルが気合いを込めて淹れたのは、薔薇のフレーバーティーだ。塞《ふさ》ぎがちの気分がわずかに晴れ、エリスは頬を緩める。

「美味しいわ、ハル。いつもありがとう」

エリスの言葉に、ハルは微笑んだ。ハルにとっては、エリスの気分を察して茶葉の種類を変えるなど、息をするように当たり前だ。だがエリスはそんな些細《ささい》な事でも、ハルの気遣いを褒《ほ》めてくれる。

ああ。どこまで最高の主人なのか。一生その足元に傅《かしず》いて生きていきたい。エリスの事だけを考えて、エリスのためだけに働いて、エリスのためだけに生きる。なんて魅惑的な人生なのか。

「ハル、考えている事が気持ち悪いわ」

「申し訳ありません」

冷ややかなエリスの言葉さえも嬉しくて、ハルはうっとり微笑んだ。そんな貴公子の仮面を被った変態執事に、道端で干からびた虫の死骸を見るような目をエリフィスは向けていた。主人の事は素晴らしいと思うが、側に置く人間の人選については、いつまで経っても賛同できない。

「ハリー様も、欲のない事です。侯爵家の後継ぎを、いとも簡単に譲られるとは」

「お兄様は欲の塊のような方よ。自分の欲望のためなら、妹を犠牲にする事に、なんの躊躇いもないのだもの」

唇を尖らせて拗《す》ねるエリスに、エリフィスは苦笑した。ラース家の血を引く者は、貴族の身分や名誉などに全く食指《しょくし》が動かない人種と分かってはいたが。侯爵家の後継ぎという、誰もが欲しがる地位にこれっぽっちも価値を見出していない事に、改めて驚くのだった。

「ハリー様の場合は、どちらかというと、婚約者であるメル様が社交に向かないので、侯爵の後継を手放したのだと思いますが」

ハリーの婚約者である『幻《まぼろし》の令嬢』、メル・レノールを思い浮かべ、エリフィスはクスクスと笑った。

「そうねぇ。メル様は繊細で人見知りでいらっしゃるから。魔法薬師の才能にあれほど恵まれているのに、自己評価が恐ろしく低くていらっしゃるのは困った事だわ」

ハリーの婚約者、メル・レノールはレノール伯爵家の次女であり、魔法薬師だ。学生時代から数々の魔法薬を発明し、代々魔法薬師を輩出するレノール家でも稀に見る逸材と言われている。だがその数々の功績よりも、激しい人見知りと引っ込み思案のせいで、レノール家に設置された研究室に閉じこもり、夜会や茶会には決して出席しない『幻の令嬢』として、有名だった。

そのような性質だから、どれほど優秀でも、侯爵夫人はとても務まらない。高位貴族に必須の社交が壊滅的なのだ。本人もそれを気にして、ハリーとの婚約を解消しようと何度も申し出ていたが、婚約者を溺愛《できあい》するハリーがそんな事を許すはずもない。元々爵位を望んでいなかった事もあり、エリスに押しつけるために全力を傾けたのだ。

ラース侯爵家の血を色濃く受け継ぐハリーに、それこそ一切の手抜かりもないぐらい完璧に外堀を埋められ、エリスは諦める事にした。あのヒプレスの勝負なんて、エリスを納得させるための、おまけのようなものだったのだ。

「まぁ、お兄様も少しは罪悪感があるらしく、わたくしに爵位を押しつけたあとも、領地管理などの手伝いはすると約束してくださったので、仕方なく引き受ける事にしたわ」

そうは言いながらも、エリスの顔は晴れない。悩ましげに溜息を吐いた。

「はぁぁぁ。面倒だわ。いっそ国など滅ぼしてしまおうかしら。国がなければ、爵位などなくなるものね」

「我が君。落ち着いてください」

この人ならやりかねんと、エリフィスは主人を宥《なだ》める。優秀なエリスの事だ。誰にも気づかれる事なく、緩やかにこの国を滅亡に導くなど、容易《たやす》いだろう。

エリスの気持ちも分かるし、愛しい主人の願いならなんでも叶えてやりたいが、いくらなんでも、王国全ての民を道連れにするのはエリフィスの良心が許さなかった。浮世離れしていると言われる魔術師だが、それは人道的にまずいだろうという良識ぐらいはあるのだ。

横で従順に頷いて、主人の意に従わんと動き出す狂犬に、できうる限りの拘束魔術を掛けながら、エリフィスは思考を巡らせる。

無欲な主人の強欲な願いを、なんと宥めたらいいのか。エリフィスは焦る気持ちを抑え、引きつった笑みを浮かべた。

「行方不明？」

「はい。王都とその周辺で、不審な行方不明が相次いでいます」

どうにかエリスから王国殲滅《せんめつ》の言の撤回を取りつけ、狂犬執事が大人しくなったところで、エリフィスはようやく今回の訪問の、本来の目的を告げた。狂犬と衝突した余波でマントの端からはプスプスと煙が上がっていたが、エリフィスは手を一振りしてそれを復元し、ついでに狂犬の足を思いっきり踏んづけてやった。奴は何事もなかったように、にこにこと涼しい顔で側に控えている。

「あら。行方不明なんて、王都では珍しい事じゃないでしょう。お隣のジラーズ王国は後継争いで不安定だし、その混乱に乗じて我が国では禁じられている人身売買が横行しているしね」

にこやかに、しかし全く興味がなさそうなエリス。

エリスの言う通り、隣国の政情は、ロメオ王国にも影響をもたらしていた。治安維持のために騎士団や警備団が奔走《ほんそう》しているが、隣国から逃れてきた難民がロメオ王国になだれ込み、王都の治安は悪化しつつある。お陰で、人身売買を禁止する法の厳罰《げんばつ》化が、ロメオ王国で議論されていた。下町では人攫いだけでなく、盗みや暴行、物騒な強盗なども増えていると聞く。

ロメオ王国にとって治安の悪化は大きな問題だが、政治が絡む事でもあり、一侯爵家だけでどうにかできるものではない。それに何より、エリスの興味を引く問題ではなかった。

だが、それを承知でエリフィスはエリスに報告したのだ。何かあるのかと、エリスは視線だけで話の続きを促した。

「ええもちろん。残念な事に、奴隷が禁じられている我が国でも、人買いが横行しているのは事実ですが……、攫われている者たちの特徴が、どうにも気になります。男女を問わず、魔力の高い者ばかりが攫われているのです」

ピクリ、とエリスのカップが震えた。

「あら……」

途端に一変するエリスの雰囲気。春の陽だまりが冬のブリザードに変わるぐらい、あからさまな変化だった。

「もちろん、以前の事件と同一とは断定できませんが。ですが。魔力量の多い者が、あらかじめ分かっていたかのように攫われています」

その事にエリフィスが気づいたのは、偶然だった。

平民だが優秀さを買われ、魔法省で働く予定だった青年が、行方不明になったのだ。

平民の身分でありながら、魔法省で働けるのは名誉な事だ。至って真面目な好青年で、魔法省で働ける事を嬉しいと本人も話していた。借金や揉め事に巻き込まれた形跡もなく、自ら失《しっ》踪《そう》する理由もなかった。それなのに、家族や友人、恋人に何も言わずに、忽然と行方が分からなくなったのだ。

家族が失踪届を出したようだが、警備団は成人した男の失踪など取りあってくれなかったそうだ。若い男が金や女のトラブルで、家族に何も言わずにいなくなるのはよくある事だ。そのうちほとぼりが冷めたら戻ってくるだろう、たかが家出で大騒ぎすると、戻ってきた時に本人が気まずい思いをするぞと笑われたそうだ。

しかしエリフィスは、その青年に目を掛けていた事もあり、入省前ではあったが、青年本人と何度も言葉を交わしていた。その印象から、警備団が言うような理由には到底納得がいかず、独自に調べ始めた。すると、同じような事件が、数件起きている事に気がついた。理由もなく、ある日人が突然いなくなる。年齢や性別、住む場所も違い、お互いに知り合いというわけでもない。だが、家族や周辺の者の話から推察すると、いずれも魔力量が多い者ばかりだった。一流の魔術師でなくても、魔力量が多い者は自然と世間の口の端に上るのだ。

「そう……。ねぇ、エリフィス。何人ぐらいがいなくなっているのかしら」

「貴族や裕福な商人には被害が出ておりません。しかし、平民や身寄りのない者は、把握できているだけで百人は下らない」

その言葉に、エリスが目を見開く。

「あら。そんなに？　よくも大きな騒ぎにならないものね」

「ええ。王都だけでなく、いくつかの領地でも少しずつ。難民によって各地の人口の変動が大きいのもありますが、他の誘拐や行方不明に紛れてしまい発覚していなかった。ですが……」

穏やかな知性を湛《たた》えていたエリフィスの瞳が、激情を孕んでギラリと光る。

「エリス様。私には分かります。これは普通の人攫いではないのです。あの時と同じです、あの時と、同じ……！」

ぎゅっと、エリフィスは拳を握った。その手は微かに震えていて、何かに耐えているようにも見えた。

いつものエリフィスらしからぬ様子に、エリスはわずかに眉を顰めた。

「エリフィス」

固く握りしめられた拳を取って、エリスは優しく撫でる。

「あまり、思い詰めてはダメよ」

緊張を解きほぐすような声が、エリフィスの焦る心を落ち着かせた。

冷静さを欠くのは魔術師として失格だ。エリフィスは激情をやり過ごすように目を閉じて、深呼吸をした。エリスの手の温かさが、エリフィスのささくれ立った心を、穏やかに包んでくれる。

「エリス様」

そんなエリフィスの耳に、狂犬執事の忌々《いまいま》しい声が聞こえて、折角《せっかく》鎮めようとしていた心が怒りと殺意で真っ黒に塗り潰される。

「どうか、私めにお任せを。その野良魔術師よりも的確にお調べ致します。私にも、関係がある事ですから」

ねだるようなその調子に、エリフィスはカッとなった。この案件を嗅ぎつけたのは自分だ。狂犬《恋敵》執事に横取りされるいわれはない。

「ダメよ、ハル。これはエリフィスの仕事よ。そうでしょう、エリフィス？」

エリスはハルを厳しく窘めて、エリフィスを見つめる。

信頼のこもった主人の視線。もちろん答えは「諾」以外ない。

「はい、我が君。このたびの事が、あの事件に関連するならば」

エリフィスの言葉が、意思を持って強く響いた。

「必ずや、エリス様によい知らせをお持ちします」

「いい子ね、エリフィス。頼りにしていてよ」

穏やかに微笑む主人は、今日も美しく、神々《こうごう》しいほどだった。

エリフィスが辞したあと。静けさの戻ったラース侯爵家で、エリスは物憂げにお茶のカップを弄んだ。

「エリス様。お代わりを？」

「……もういいわ」

深い思考に沈む主人を、ハルはじっと見つめる。もどかしさに、胃の腑がジリジリと焼かれるようだった。

エリフィスの話は、長年、エリスを悩ませていたものの解決の糸口かもしれない。エリスがずっと、探し、追い続けてきたもの。

痛いような後悔の念が、ハルの胸を支配する。エリスを悩ませる存在など、ハルには到底、許容できるものではなかった。それに己が関わっていたから、なおさらの事。

ハルは、過去の愚かで無力な自分を、時間を巻き戻して消し去ってしまいたかった。

ラース侯爵家を出て、エリフィスは魔法省に戻っていた。

副長官の地位にあるエリフィスは、魔法省の中に独立した広い執務室と研究室、そして私室を賜っていた。王都内にも家はあるのだが、研究三昧の生活なのでほとんど戻らない。独《ひと》り暮らしなので気ままなものだ。

エリフィスの私室には、研究資料の他に、事件に関する資料が堆《うずたか》く積まれていた。

その中には、事件に気づく契機になった青年の資料もあった。身上書、魔法省入省試験の結果、家族や知人、友人の証言。行方不明になった時の行動をつぶさに記したもの。

そして、入省する際に贈られる予定だった、彼の名入りのローブも。あの青年も、これを身に着ける事を、心待ちにしていた。

貴族がほとんどを占める魔法省において、平民の出という事で、エリフィスは青年に親近感を持っていた。緊張しながらもキラキラした憧れの目を向け、慕ってくれる青年を、可愛く感じていた。いい魔術師になれるように導こうと、楽しみにしていた。

だが、エリフィスが青年に目を掛けていた理由は、それだけではなかった。

あの年頃の青年には、ついつい、肩入れしてしまう。エリフィスを頼りにし、懐かれると、余計に。

今も生きていれば、これぐらいの年になるのかと。

大きくなって、どんな道を選んだのかと。

幸せに、なれたのかと。

今さらどうしようもない事を、あの子と同年代の青年たちに重ねて、考えてしまうのだ。

自分でも分かっていた。これが贖罪《しょくざい》の気持ちから来ているものだと。

この事件にエリフィスがのめり込んでいるのも、拭いようのない後ろめたさが、彼の底に沈んでいるからだ。それを忘れるために、エリフィスは足掻《あが》いているだけだ。

エリフィスは、窓に映った自分の顔を見た。

すっかり大人になった自分の顔に、あの頃の面影《おもかげ》は薄い。

だが、目を凝らして見れば、遠い昔に失ったあの子の顔が、どこかに残っているようにも見えた。

2章　平凡な令嬢の昔話

ハル・イジーは幼い頃から、神童と呼ばれていた。

ハルにとって勉強は簡単すぎ、しかも大抵の事は一度で身についた。身体能力にも恵まれていたから、剣も魔術も負けなしで、周りから天才だ、奇跡だと、称賛されるのは当たり前だった。


家は古くから続く由緒正しい子爵家であり、割と裕福だったので、金に困った事はない。母親似の顔立ちは人形のように整っていると褒めそやされ、女性にも非常に受けがよかったが、ハルにとっては寄り集まってくる女どもは鬱陶《うっとう》しいだけの存在だった。きゃあきゃあと騒ぐ女たちに表面上は愛想よくしながら、その実は道端の石ころほどの興味も持てなかった。ハルにとってはどの女性も同じ顔にしか見えず、区別などつかなかった。

ハルは幼い頃から、自分の人生に飽き飽きしていた。勉強も運動も、努力する前に身についてしまう。金にも女性にも困らない。望んだ事は苦労もなく全て満たされる。そんな人生になんの楽しみがあるのか。

父は長年、侯爵家の家令として働き、真面目一筋に仕えていたが、それ以外、特出する事は何もなかった。仕えている侯爵家も家格はそれほど高くなく、中堅どころの、これといって目立つ事も劣る事もない貴族家だった。

父からは何も言われなかったが、将来は父のあとを継いでラース侯爵家の家令として勤めるように望まれていると思っていた。だが。ハルはそんな決まりきった将来を受け入れるつもりはなかった。子爵家の後継ぎには幸いにも双子の弟妹がいる。ハルが無理に継ぐ必要はないのだ。貴族という立場を捨てる事になっても、自分の身一つでどこまでやれるか、試したいと思っていた。そうすれば、つまらない平坦な自分の人生が彩《いろど》られるのではないかと思っていた。

イジー家は、侯爵家の敷地に屋敷を賜っていた。父は侯爵家に部屋を与えられていたので、週に一度ぐらいしか帰ってこなかったが、母やハル、年の離れた双子の弟妹はその屋敷に住んでいた。侯爵や夫人とは幼い頃から何度も顔を合わせていたが、侯爵家の子どもたちはある程度の年齢まで領地で過ごすのが習わしだったので、会った事は一度もなかった。

ハルが初めて侯爵家の子どもたちと会ったのは、彼が12歳の時だった。ラース侯爵家の子どもは2人。嫡男のハリーは1つ下の11歳、娘のエリスは、その時わずか5歳だった。今日から屋敷で一緒に住む事になったのよ、と侯爵夫人に紹介された時、ハルは正直、面倒だなと思った。当時の彼にとって、同年代の子どもは幼稚すぎて話が合わず、ましてや5歳の子など、うるさく泣くだけで会話にもならないと思っていた。

いくら主家の子どもだからといって、子守りなどごめんだった。双子に押しつけたくともまだよちよち歩きの赤ん坊なので、5歳の子の相手は不可能だ。13歳になれば学園に通う事ができる。いっそすぐに試験を受けて、特別入学をしてしまおうかと本気で考えた。

侯爵家の子とはいえ、ハリーもエリスも特に目立つ容姿をしておらず、侯爵様や夫人に似た物静かなタイプだった。うるさく喚く事も、つきまとう事もない。ハルや双子との顔合わせにも『よろしくね』と一言述べるのみで、話しかけてくる事もなかった。

その後のハルの生活は、危惧《きぐ》したような、子守りに明け暮れる事にはならなかった。ハリーやエリスと一緒に遊ぶように、とか、面倒を見るように、などとは、父母からも侯爵夫妻からも命じられる事はなかったし、敷地内とはいえ別の家なので、そもそも2人と顔を合わせない。不思議な事に、子どもがいるはずの侯爵邸は、以前のままの粛々《しゅくしゅく》とした静けさを保っていた。お陰で、ハルの平穏な生活は崩れなかった。

そんな何も変わらぬ退屈な日々を過ごす中。王都内では、不穏な雰囲気が漂っていた。

子どもが行方不明になる事件が頻発していたのだ。貴族の子だろうと貧民街の子だろうと関係なく、ある日、忽然と姿を消してしまうのだ。

この事件を知ったハルの母は、『1人で出かけるな、怪しい人には近づくな』と、ハルにも口酸《くちず》っぱく注意していた。双子は幼なすぎて屋敷から出る事はないが、侵入して攫われるかもしれないと、屋敷の警備の人間を増やし、警戒していた。消えた子どもたちが皆一様に綺麗な顔立ちだったせいもあるだろう。ハルも双子も、人の目を惹く容貌だったので、母は特に心配していた。

だがハルは、母の言葉に殊勝に頷くふりをして、適当に聞き流していた。家庭教師に神童だと褒められるぐらい、魔術も武術も上達している。たとえ人攫いとやらに遭遇しても、簡単に返り討ちにしてやれると思い込んでいた。人攫いなど、自分には関係はないと。

ハルはある日、うるさい護衛を撒《ま》いて、1人ふらふらと街を歩いていた。半分はいつもの気まぐれで、半分は人攫いに遭遇したら捕まえてやるぐらいの気持ちで。いずれイジー家を出て独り立ちした時に、王都を騒がす人攫いを捕まえた功績があれば、箔《はく》がつくと思っていた。

賊を捕まえてやろうと、高揚した気分でハルが人気のない路地を歩いている時だった。シュルシュルッと鋭い音がしたと思ったら、ハルの手足に黒いロープが絡みついた。驚き、魔術を展開しようとするが、いつものように上手くいかない。そうしている間に、全身がぐるぐる巻きに拘束され、ハルは抵抗一つできずにその場に転がった。

縛られたハルはあっという間に攫われ、荷物のように馬車に放り込まれた。ガタゴトと揺れながらしばらく運ばれ、着いたのは森の中にぽつんとある、薄汚い家だった。全く見覚えのない場所で、周囲はすっかり暗くなっていた。これでは逃げ出したとしても、帰り道すら分からない。

　ハルを捕まえた男は、貧相な魔術師だった。だが、その細い身体のどこにそんな力があるのか、もがくハルをものともせず、乱暴に屋敷に引きずっていった。屋敷の中には、魔術師の仲間だろうか、数人の屈強な男たちがいた。

「見ろよ！　こいつは今までで一番の上玉《じょうだま》だ！　高値で売れるぞ！」

　魔術師が、ハルの髪を掴んで無理やり顔を上げさせた。仲間たちから、おおっと感嘆《かんたん》の声が漏れる。魔術師はその骨ばった手でハルの顔を撫で、得意げに笑っていた。

「おい、お前。貴族の坊ちゃんだろう？　身なりがいいもんなぁ。あの時、魔術を発動しようとしただろう。魔術の心得があるのか？　上等な剣も腰にぶら下げていたなぁ。少しは扱えるのか？　パパとママは褒めてくれるんだろう？　出来のいい息子でよぉ。でも残念だったなぁ、どんなに強くったって、俺のような本物の魔術師には敵わねえんだよ。折角貴族に生まれたのに、残念だったなぁ。世間の苦労なんて、なぁんにも知らないで、いい気になっていたんだろう？　だがなぁ、お前はこれから奴隷《どれい》の首輪をつけられて、子ども好きの変態に一生飼われるんだよ。世間はそんなに甘くねぇんだよ。今まで楽しく幸せに暮らしていたツケを、これからの人生で払っていけよ！　いい気味だぁ！　ぎゃっはっはっはっ！」

　男は酒臭い息をハルに吹きかけながら笑っていた。ハルはすっかり動揺して、いつもの余裕のある表情は掻き消えていた。こんな扱いを受けるのは生まれて初めてだった。そして、男の言葉に、身体が震えるのを止められなかった。

隷属の首輪。家庭教師の授業の中で、聞いた覚えがある。人身売買が禁じられたロメオ王国では、販売も、所持する事すら禁止の品だ。これをつけられると、主人として登録された相手に絶対服従となる。どんなに強い魔術師だろうが剣士だろうが、主人の言う事には絶対に逆らえなくなるのだ。そんな首輪をつけられ、売られたら、どれほどおぞましい目に遭《あ》うのか、想像に難くない。

「うー！　うー！」

ハルは逃げ出そうと必死に身体を動かしたが、黒いロープがまるで意思を持つかのようにぎゅうぎゅうと拘束を強めてきた。このロープも気味が悪い。魔力を帯びていて、ハルの魔術を封じている。知らない魔力が全身に絡みつくようで、ハルは気持ち悪くて吐きそうだった。こんなもの、見た事も聞いた事もない。もがくハルを見て、男たちは手を叩いて楽しそうに嘲笑《ちょうしょう》していた。

男たちが部屋から出ていってからも、ハルは諦め悪く暴れたが、縄が身体に食い込むだけだった。もがいても騒いでもどうにもできず、次第にハルの心は焦りと絶望で染まっていく。助けは来るのか。このまま魔術師の男の言う通り、首輪をつけられて変態に売られるのか。そうなったら、逃げ場などない。

恐怖のあまり、ハーハーと息が荒くなった。どうにかして逃げられないかと部屋の中を見回し、そこでようやく、自分が1人ではない事に気づいた。

部屋の隅に、ハルと同じように縛られた子どもがいた。2人だ。ボサボサの蒼髪で、薄汚れた身なり。ガリガリに痩せ、異臭の漂う身体。しかし、こちらに向けた顔立ちは、2人とも整っていて綺麗だった。よく似ているので、兄弟なのかもしれない。

2人は、コソリとも動かなかった。どちらも目を閉じ、力なく床に横たわっている。生きているのか、死んでいるのかも分からなかった。

ハルはぞっと背筋が寒くなるのを感じた。これはハルの未来の姿だ。このまま助けが現れず、どこかに売られてしまったら。ああして痩せこけて、薄汚れて、抵抗の気力も失って、生きたまま死んだような人生を送る事になるのだ。

ハルは絶望的な未来に抵抗するように、必死で身体を揺すった。バタンバタンと大きな音がする。「うるせぇ！　静かにしろ！」と、部屋の外から何度怒鳴《どな》られても、やめる事はできなかった。やめたら、そのまま自分の運命が決まってしまうようで。

這いずるように身体を揺すっていたら、音に苛立った魔術師がとうとう部屋に戻ってきた。ハルを殴り、蹴り上げる。売る時に価値が下がらないようにと顔だけは殴られなかったが、腹や背中を殴られ、痛みと圧迫感で激しく咳き込んだ。

「往生際《おうじょうぎわ》の悪いガキだな。これで少しは大人しくなるだろう」

仕上げとばかりに、うつ伏せになって動けないハルの背中を魔術師が踏みつける。痩せているとはいえ大の男の力に、ハルは息もできずに呻《うめ》いた。

「どんなに足掻いても、お前は逃げられないんだよ。分かったか？」

魔術師はハルの耳元に囁く。酒臭い息がかかって、涙が滲んだ。魔術師の歪んだ笑顔に、ハルは絶望した。そんな時。

「あら。そうなの？」

場違いな、鈴を転がすような、可愛らしい声が聞こえた。

「わたくしは、そうは思わないけど」

いつの間に部屋に入り込んだのか。ハルを踏んづけている魔術師のすぐ傍らに、明らかに貴族と分かる姿の、女の子がいた。

ほんの少し、幼さゆえの舌っ足らずな口調で、女の子は楽しげにコロコロと笑う。

魔術師にとって、それはよく知る子どもだった。栗色の髪と茶色の瞳。可愛らしくはあるが、それほど際立《きわだ》った容姿ではない。ほんの少し前まで、毎日のように見ていた顔だ。

そしてハルも、その声には聞き覚えがあった。一度見聞きした事は、そう簡単に忘れない。

一度しか会った事がないし、言葉も一度しか交わしていないが、それでもハルはその声が誰のものなのか分かった。

嘘だろ、と思いながら、痛む身体に鞭《むち》打って必死で顔を上げた。そこには、やはり予想通りの姿があった。

「お、お前っ、どうやって？」

突然現れた子ども、エリス・ラースに、魔術師は目を見開く。慌てて仲間たちがいる方を振り向くと、折り重なるように倒れた屈強な男たちの姿が見えた。

「なっ！」

「探したのよ。街中で派手にそれを使ってくれたお陰で、ようやく探査魔術に引っ掛かったわ」

探査の範囲から外れていたせいで、それまで見つけられなかったのだと、エリスは唇を尖らせた。

「よくも騙《だま》してくれたわね。わたくしのオモチャを、返して」

ぷうっと可愛らしく頬を膨らませ、エリスは魔術師にずいっと手を差し出す。だが魔術師はエリスに構わず、慌てて周囲を見回した。

「何をわけの分からない事を言ってやがる！　仲間に、何をしやがった？　くそっ、騎士団も一緒なのか？」

犯罪者が最も恐れるのは、王都の悪を取り締まる騎士団だ。腕に覚えのある仲間たちが、魔術師が気づかないうちに倒されるなど、奴らの仕業《しわざ》だとしか思えなかった。

「あら。わたくしは1人よ」

エリスは事もなげにそんな事を言う。確かに彼女の言う通り、他に人の気配は感じなかった。

「はぁ？　だがどうやって……。いや、そんな事はどうでもいい。お前1人だけなんだな」

にやりと笑って、魔術師はエリスに手を伸ばす。なぜ仲間たちが倒れているのかは分からないし、どうやってエリスがこの場所に入り込んだのかも分からない。だがとりあえず、商品が1人増えたと単純に喜んだ。女の子はそれだけで商品になる。まあまあ可愛い顔立ちなので、そう悪くない値がつくだろう。

ハルはまずいと、魔術師に踏まれたままの身体を捩る。不意を衝かれて、バランスを崩した魔術師がよろめいた。

「逃げろ！」

ハルは必死で叫んだ。こんなところに、なぜエリスがいるのか分からない。もしかしたら自分のあとをついてきて、ここに迷い込んだのかもしれない。だが、このままエリスを巻き込んでしまう事は、なんとしても避けたかった。

「あら？　貴方、シュウの息子だったかしら？」

だが、そんなハルの決死の行動も、エリスには全く響かなかったようだ。ゆっくりとしゃがみ込み、ハルの顔をマジマジと覗き込む。

「やっぱり、シュウの息子よね。目と口元がよく似ているわ。名前は、なんだったかしらね？　覚えていないわ」

頬杖をついて、エリスはにこりと微笑む。そのどこかのんびりした口調に、ハルは本気で腹が立った。

「さっさと逃げ、がはっ」

ドンっと背中に衝撃が走って、ハルはたまらず咳き込んだ。体勢を戻した魔術師に、思いきり、背中を踏まれたのだ。

「このガキが。舐《な》めた真似しやがって。レディを守るとは、大した紳士だな。俺はそういう優等生が、大っ嫌いなんだよ」

魔術師に何度も背中を踏みつけられ、ハルはもう声も出せなかった。優秀だ、神童だ、などとおだてられていても、結局は狭い世界の中でしか通用しないのだ。自分には子ども1人、守る事ができないのだ。

「貴方。シュウの息子から足をどけなさい。怪我をしちゃうわ」

一方、エリスは立ち上がって腰に手を当て、魔術師を叱る。ハルの必死な言葉も、危険な状況も、全く理解していないように見えた。

「偉そうなクソガキが。最初っから、お前の事は気に食わなかったんだよ」

憤怒《ふんぬ》の表情で、魔術師はエリスを殴りつけようと手を振り上げた。彼は貴族たちが大嫌いだった。身分しか取り柄がないくせに、優秀な自分に頭を下げさせやがって。自分はこんなところで燻《くすぶ》っていていい人間じゃないのだ。もっともっと、評価されるべきなのに。

そんな鬱憤《うっぷん》を、目の前の貴族の子どもで晴らしたら、どれほどスッキリするだろう。こいつらも、こいつらの親たちも、自分を蔑ろにした事を心の底から後悔するに違いない。

だが、魔術師はそんな鬱憤を晴らすより、もっと大事な事を考えるべきだった。先ほど、ほんの少しだけ疑問に思った事を。すなわち、なぜ、この場にたった1人、エリスがいるのかを。

屈強な仲間たちが、倒れていた理由を。

「ふふ」

小さく笑って、エリスは予備動作もなく、ぴょんと高く飛び上がった。

振り下ろした手が空を切り、驚いて見上げた魔術師が無防備な顔を晒す。そこに。

ドスっと音を立てて、エリスの体格に似つかわしくない重い蹴りが、綺麗に決まる。魔術師はそのまま壁まで吹っ飛んで、打ちつけられた。石壁に勢いよくぶつかり、壁づたいにズルズルと落ちていく。

一部始終を見ていたハルは、今の出来事が信じられずにポカンと口を開けていた。

ナンダイマノハ。

コドモノ、トベルタカサジャナイ。

ケラレテ、トンデイッタ？

驚きすぎて脳の処理が追いつかず、目を真ん丸にして、エリスと魔術師を見比べる。男が倒れたため、不快な縄の拘束が解けていた事にも気づかなかった。

「エリス」

空間がブレたような気配がして、抑揚のない声が響く。瞬《また》く間に、ラース家の嫡男、ハリーが目の前に立っていた。

「なんだ、終わったのか」

ハリーは部屋の中の魔術師とその仲間を目に留めて、つまらなそうに呟く。エリスはそれにニコニコと頷いている。

「……シュウの息子？」

「ええ。なぜかここにいたの」

ハリーはハルの姿に、訝しげに眉を寄せた。だがすぐに興味を失ったように、ぐるりと視線を巡らす。その目に、部屋の隅で倒れている2人の子どもの姿が留まる。ハリーは2人に近づき、その手を口元に近づけた。エリスがそのあとを追い、首を傾げる。

「兄さま？」

「大きい方はまだ息があるが……。小さい子は、もう呼吸が止まっている」

ハリーの言葉に、エリスが目を真ん丸にした。慌てて魔術陣を展開させ、倒れ伏す小さな身体にそれを向ける。

「無駄だ、エリス。もう冷たくなっているんだ。回復魔術でも、死んだ者は生き返らない。魔術は万能ではない」

切り捨てるような冷酷な声に、エリスはビクリと動きを止めた。

ハリーはそれに構わず、大きな子に回復魔術を施し、その身体を抱え上げた。

「とりあえずこっちは回復させた。エリス、この子を医師の元に連れていく。すぐに戻るが、それまでここで待機していろ」

死に向き合ったばかりの5歳の妹に一切の情を見せず、ハリーの姿は再び掻き消えた。残されたハルは、ようやく我に返り、固まったように動かないエリスに恐る恐る視線を向けた。

エリスは恐怖に震えるでもなく、怯えるでもなく。5歳の子とは思えぬほど複雑な表情をしていた。

強いのは悔恨。そして、哀《あわ》れみ。それでも冷酷な瞳は凍《こご》えるようで。

特に人目を惹くほどではない容姿なのに、そんな表情を浮かべるだけで、凄絶な色香を放っていた。

まるで、妖艶で冷酷な女神のようなその表情を、ハルは魅入られたように見つめる事しかできなかった。慰めの言葉など出てこなかった。そんな言葉、かける事自体がおこがましい。美しい。目が離せない。胸が締めつけられるように苦しい。この顔を、姿を、誰にも見せたくない。誰にも渡したくない。その足元にひれ伏して、情けを請いたい。

そんな、恋情と執着という感情が、ハルの中に生まれた。初めて味わうその苦しさと甘さに、ハルは呼吸も瞬きも忘れて、自分の心を奪った少女を、穴が空くほど見つめ続けた。


それからしばらくして、ハリーが数人の大人と共に戻ってきた。魔術師とその仲間たちの捕《ほ》縛《ばく》を、慣れたように淡々と大人たちに命じる。

「この愚息が」

大人たちの中には、父であるシュウがいた。冷ややかに父に睨みつけられたが、エリスに夢中のハルは、全く気がつかなかった。

その視線の先に気づいたシュウは、溜息を吐き、遠慮も容赦もない一発をハルの頭上に落とす。衝撃が頭部を揺らし、ハルの視界が歪んで掠れていく。それでも目を閉じる最後まで、ハルはエリスを、恍惚の表情で見つめ続けていた。

　気絶する事でようやくその視線をエリスから剥がした愚息に、シュウはもう一度、大きな溜息を吐いた。


　それから半月後、魔術師に痛めつけられた傷を回復魔術で綺麗に治されたハルは、執事服を纏って父の隣に立っていた。

「我が愚息が本日より、末端の見習いとしてお目汚しを致します」

ラース侯爵夫妻、ハリー、そしてエリスに、シュウは静かに頭を下げる。ハルも倣って頭を下げるが、すぐに視線はエリスに固定された。

「おや、シュウの息子もうちで働いてくれるのか。嬉しいね」

「優秀だと聞いているわよ、楽しみね」

ラース侯爵夫妻は朗らかに笑う。それに対し、シュウはゆっくりと首を横に振る。

「いいえ、旦那様、奥様。愚息に期待などなさいませんよう。どうしようもない半端者でございます。足りなければすぐに放り出しますので、どのような些細な事でも、私めに遠慮などなさらず、仰ってください」

「シュウは厳しいな」

「まぁ。父親は息子に厳しいものですからねぇ」

おっとりのんびりと笑う侯爵夫妻に、シュウは柔らかに願い出た。

「お許しいただけるのでしたら、しばらく愚息を領地にお預けしてもよろしいでしょうか。あちらで少し鍛えていただいた方が、少しはモノになるでしょう」

「ああ、それはいいな。領地の子どもたちは優秀な子が多いからな。シュウの息子にもいい刺激になるだろう」

ラース侯爵に快諾され、シュウは優雅に頭を下げた。

ほんの少し才に恵まれ、神童だなんだとおだてられて調子に乗っていた愚息が、犯罪に巻き込まれるなどという愚行を犯し、さらに主家のお嬢様に助けられるなど。本来ならば命で贖《あがな》わなければならぬほどの失態だ。

しかも本人は反省するどころか、非常に分かりやすくエリスに夢中だ。主家のお嬢様に邪心を持ってはいけないという、基本的な常識すら理解していない。何度説教をしても、肉体言語で説明しても理解しない。ただただ、エリスを見つめ、追いかけようとする。

人材の宝庫であるラース侯爵領。才能の塊のような子どもたちに揉まれ、今よりは使える人材になるといい。天狗《てんぐ》になった鼻っ柱《ぱしら》を折られて、少しは謙虚さと、ラース家に仕える者としての常識を身につけて欲しいと、この時のシュウは思っていた。

数年後、ハルは領地での生活を終え、ラース侯爵邸に戻ってくる事になるのだが。シュウの目論見《もくろみ》は、半分は当たり、半分は外れてしまう。ラース侯爵領で優秀な子どもたちと切磋琢磨《せっさたくま》する事によって、ハルはぶっちぎりで才能を開花させる。が、同時にエリスへの恋情と執着も順調に育て上げてしまい、我が息子ながら手の施しようがないぐらい気持ち悪い進化を遂《と》げる事になるのだ。『手遅れになる前に斬り捨てておくべきだった』とシュウは後悔するが、全ては後の祭りだ。

「あなた、領地に行くの？　領地にはエリフィスがいるから、仲良くしてあげてね」

領地という言葉に、エリスはようやく反応した。それまではシュウの説明にも、見つめ続けるハルにも無頓着《むとんちゃく》だったが、領地と聞いて、ぱぁっと表情が柔らかくなった。笑みを浮かべるエリスに、ハルの頬は分かりやすく薔薇色に染まった。

あの時の魔術師とその仲間たちは、ラース侯爵家から騎士団に秘密裏に引き渡され、表向きは誘拐事件は騎士団が解決した事になっている。

主犯の魔術師は、実は王家からラース侯爵家に派遣されていた、監視も兼ねた調査員だった。ラース侯爵家で育てられた優秀な人材、または生み出された魔道具を、余す事なく手に入れたい王家は、ラース家の了解の下、このような調査員を昔から派遣している。そのうちの１人が悪心を持ち、エリスの開発した魔力を測る眼鏡と魔力縄を盗み出したのだ。

眼鏡は、魔力量を測るばかりか、適性魔力も調べる事ができる。鑑定魔術か希少な魔力水晶でしかこれまで測れなかった魔力を、簡単に測定できる画期的な発明だ。また魔力縄は、魔力をこめると意のままに操れ、しかも相手の魔力を封じる事ができる。どちらの魔道具も王家の大きな関心を集めていた。

王家から派遣された魔術師に求められるまま、エリスはこの2つの魔道具を渡していた。ところが魔道具を持ったまま魔術師が消え、王都を騒がす誘拐事件が起こった。魔力の高い者が攫われている事が判明し、ラース侯爵家は消えた魔術師が関わっていると予想して、捜索を始めた。

本来の予定より早く、ハリーとエリスが領地から王都に移ったのも、この事件の解決のためだった。自分の魔道具が引き起こした事件なのだから自分で解決せよと、エリスは父のラース侯爵に命じられた。まだ5歳という事を配慮し、補佐にハリーが付けられたのだ。

被害に遭った子どもたちは、奴隷として売買されていた。綺麗な顔立ちで、しかも魔力が高いとあって、高値で取引されたらしい。魔力の高い者は身分を問わず重宝される。魔術師として育てるか、魔術の素質が本人になくても、魔力の高い子を産ませる事ができるからだ。

もっとも世間的には、魔力量の多さが被害者の共通項だった事は伏せられた。眼鏡の存在を王家が公《おおやけ》にしたくなかったからだ。そのため、顔立ちの綺麗な子どもが狙われた事になっている。盗まれた魔道具はエリスの元に戻され、さらに改良が進められた。

あの時捕らえられていた子どもを、エリスは保護した。意識を取り戻した子に聞くと、小さな子はやはり弟だったようだ。あの魔術師と仲間たちに捕まり、酷い扱いと暴力を受けていたらしい。しかも弟の方が病気で身体が弱いと知ると、売るまで保たないだろうと、薬どころか、食事すら与えられなかったらしい。兄が自分の少ない食事を分け与えていたが、弱っていた弟は耐えられず、ハルが捕まるより前に動かなくなってしまった。小さな子の亡骸《なきがら》はラース侯爵家に引き取られ、丁重に葬られている。

兄の方は、誘拐され、痛めつけられた挙句《あげく》に弟を失い、戸惑っていた。名がなかったので、エリスが自分の名前からエリフィスという名を付けた。しばらくラース侯爵家に滞在していたが、つい先日に領地へと移った。子どもの教育やケアについては、王都よりもラース侯爵領の方が充実しているからだ。

エリフィスの名を口にしたエリスに、ハルは不快そうに眉を顰める。

ハルは気づいていた。ハルがどれほど想おうと、エリスはハルに全く関心を持っていない事を。シュウの息子という認識はあるようだが、それ以上でもそれ以下でもないのだ。多分ハルの名すら、エリスは覚えていない。

初めはショックだった。神童だなんだと持てはやされ、周囲の人間はハルに群がる。それなのに、エリスにはまさか、名前すら認識されていないなんて。わずかなプライドをへし折られて、エリスに認めてもらえるほどの実力がない自分に劣等感を持った。同時に、エリスが名付けたという、エリフィスという子どもに激しい嫉妬を感じた。何もかも初めての経験だった。

エリスの好みは明確だ。男でも女でも、美しく強い者が好き。その美しさとは、造形だけではなく、所作も内面も美しい者だ。外見だけならハルも該当するだろうが、侍女も護衛も子飼いの部下も、エリスの周りにいる者はハル以上の強さと美しさを備えていた。しかもエリスに心酔《しんすい》する者ばかり。手強いライバルだらけなのだ。

だがハルは消沈するどころか、逆に燃え上がっていた。彼の人生の中で、これほどやる気に満ち溢れたのは初めてというぐらい、張りきっていた。

必ず、エリスに名前を覚えてもらう。必ず、エリスに存在を認めてもらう。そして、必ず、エリスの一番になり、なくてはならない存在となる。そのためだったら、何を犠牲にしても惜しくなかった。

領地に移って1年後。ハルは、ようやくエリスに名を覚えてもらった。

そしてそれからわずか2年後、『狂犬』の二つ名で呼ばれる、専属執事が誕生したのだ。

◆◇◆◇◆

絶望が満ち溢れていた。

響き渡る悲鳴。苦悶《くもん》の声。ぼろ雑巾《ぞうきん》のように転がされる人々。中には全く動かない者もいる。

そんな部屋に放り込まれ、魔術師団長は、焦燥に駆られていた。

「放せ！　私をどうするつもりだ！　こんな事をして、ジラーズ王国を敵に回す気か！」

どんなに騒いでも、誰も助けに来ない。周囲は屍《しかばね》のような状態の者ばかり。不可思議な縄に縛られ、魔力を封じられ、赤子のように喚く事しかできない。

彼の頭に、忠誠を誓った主人の姿が浮かんだ。継承問題で揺れる母国。日々、暗殺者や毒殺の危険に晒されながらも、毅然《きぜん》として、民のために働く主人。

こんなところで死ぬわけにはいかなかった。主人がその頭上に、輝く冠《かんむり》を戴くまで、尊きその身をお護《まも》りすると誓ったのに。

恐怖よりも悔しさに、魔術師団長は涙を流した。唯一の取柄である魔術を封じられ、為《な》す術《すべ》もなくここで死ぬのか。なぜもっと身辺に気を遣えなかったのか。己を過信しすぎて、こんな事態を引き起こした事に、申し訳なさを感じた。

「ああー。うるさい男だ。そんなに喚かなくても、すぐに処理してやるよ」

魔術師団長を捕らえた男は、にやにやと笑いながら縄に魔力をこめる。魔術師団長の身体が縄で引き上げられ、男の仲間たちに寝台の上に放り投げられた。

「それ、は」

男が手にした器具を見て、ひゅっと魔術師団長の喉が鳴る。男は器具を見せびらかすように掲げて、嗤った。

「これを知っているなんて、博識だねぇ」

「なぜ、そんなものが。それは、禁呪《きんじゅ》っ……」

男は構わず、魔術師団長の口に器具を突っ込んだ。喉の奥まで押し込まれ、苦しさに生理的な涙が溢れた。

これから起こる事を悟り、魔術師団長は目を見開いて恐怖に怯えた。その器具が、彼の知るものならば、用途は1つしかない。

男が呪文を唱《とな》える。口の中の器具が熱を帯び、焼けつくような熱さに変わる。

「ぎゃあぁぁぁ……っ！　……っ！」

途中からは悲鳴も途切れた。身体中に刃を突き刺されたような激痛が貫く。魔術師団長は白目を剥き、口から泡を吹いた。

「はっはー！　さすが魔術師団長だね。1人で3分の1も溜まったよ！」

ビクビクと痙攣《けいれん》する魔術師団長を気にもせず、男は手にしたそれを眺めて歓声を上げた。様々な色が混じり合い、どす黒く濁《にご》ったそれに、男はウットリと頬ずりする。

「団長のお陰で、1つ完成したね。ありがとう、団長。とても助かったよ」

横たわる魔術師団長の肩をポンポンと叩いて、男は礼を述べる。

「そいつはどうしますので？」

男の部下の1人が、寝台に目を向けて嫌そうな顔をする。激痛に晒され、恥も外聞もなく色々なものを垂れ流した魔術師団長の身体からは、酷い異臭が漂っていた。よほどの痛みだったのだろう。視線は彷徨《さまよ》って定まらず、口から大量のよだれが垂れていた。

「いつもだったら、喉を潰して鉱山かどっかに売るんだけどねぇ。コイツに万が一、逃げられると、まずいからねぇ」

ジラーズ王国の魔術師団長は、高位貴族でもあるのだ。行方が分からないとなれば、捜索がかかるだろうし、広く顔が知られているので、どこからかバレる可能性もある。

「もったいないけど……。始末しといてくれ」

「へぇ」

男の残忍な命令にも、部下は特に悩む事なく頷いた。かなり汚れているから、触るのは嫌だと思った程度だ。

意識が朦朧《もうろう》とした魔術師団長の視界に、不機嫌そうな部下の顔が映った。

その手が首に回され、ぐっと力がこめられたのを最後に、魔術師団長の目から光が消える。

忠義の心を持った1人の優秀な魔術師の命は、そこで尽きる事となった。

◆◇◆◇◆

エリフィスの来訪から数日経ったある日の午後。学園から帰ったエリスは、いつものように執務を片付けていた。その横では、イジー家の双子が、ハルの監視付きでエリスの執務の補佐をしている。サラサラと凄い速さで書類を捌《さば》いていくエリスと対照的に、双子の表情は、端的に言えば目が死んでいた。

将来のエリスの側近として、最近から双子には、領地に関わる仕事が学業と別に課されていた。ハリーの代行で領主の仕事に関わり始めたエリスが、せめて在学中ぐらいは学園生活を楽しめるよう、双子が補佐を命じられたのだ。学園生活を大事にしているエリスを慮った、兄ハルのせめてもの気遣いだったが、その温情は双子に向けられる事はない。

いくら双子が優秀とはいえ、学業と仕事の両立はキツイ。学業の他にも、ラブには侍女、ダフには護衛の仕事があるのだ。

しかし、兄のふりをした鬼は、これぐらいは全て出来て当たり前と考えている節がある。なぜなら兄は、学業も専属執事の仕事も、ラース侯爵の補佐の仕事も、ついでに冒険者の仕事も、学生時代から易々《やすやす》とこなしていたからだ。そんなデタラメな天才に、凡人の苦労など理解できるはずはない。

そんな兄からの容赦ない圧力に双子が逆らえるはずもなく、２人は必死で仕事をこなしていた。仕事のしすぎによる過労死と、兄からの制裁。どちらの生存確率が高いかなど、比べるまでもないからだ。

サラサラと書類にペンを走らせる音だけが聞こえる執務室内に、ピシリと空間が歪む音が響いた。

気づけばそこには、領地で静養しているはずのエリスの兄、ハリー・ラースがいた。

「あら？　お兄様？　どうなさったの？」

先触れもなく現れた兄に、エリスは驚いた。双子もハルも、目を丸くしている。

「あ！　ハリー様？」

「え。なんで？　元に戻っている？」

ハリーが静養のため領地に戻って、まだひと月にも満たない。王都を発つ時のハリーは専属の従者に支えられ、立つのもやっとという様子でガリガリに痩せ衰えていた。だが、健康を損ねる前のハリーの姿がそこにあった。驚きで声を上げるダフとラブに、ハリーはにやりと口角を上げる。

「相変わらず、素直な子たちだな、エリス」

「ええ。可愛いでしょう？」

ハリーの嫌味を、エリスは褒め言葉と受け止め、サラリと流す。ハリーに揶揄《からか》われた双子は憮然《ぶぜん》としていた。

どっかりと執務室のソファに腰を据え、ハリーは慣れた手つきで書類を手に取り、さっと流し読みをして、エリスの筆跡でサインをしていく。

「いい、あれが見つかったようだな」

ハリーは書類を捌きながら、本題を切り出した。無駄が嫌いな兄らしいと、エリスは苦笑する。

「あら。お耳が早くていらっしゃるのね。まだ確証はございませんが、エリフィスが手掛かりを見つけたようなの」

エリフィスの名に、ハリーは苦虫《にがむし》を噛み潰したような顔をした。

「お前、あの時に言っていた事は、本気なのか」

「もちろんです。わたくしは一度決めた事は、曲げたり致しませんわ」

兄に不機嫌な目を向けられても、エリスは知らん顔をしている。

「侯爵家の後継ぎの事なら、心配はいりません。わたくしが継げなくなっても、お兄様は持病で外れたのですもの、後継ぎに戻される事はございませんわ」

双子は仰天《ぎょうてん》した。エリスがラース侯爵家の後継ぎに決まったと、王家にも正式に届け出られている。それがどうして、ラース家を継がないなどという話になるのか。

「後継ぎの事など、どうでもいい。俺はやらんと決めた事は、何を言われようとやるつもりはない。父上がどんな画策をしようと、無駄だ」

兄の言葉に、エリスはきょとんとする。

「あら？　では何を心配なさっていますの？」

「お前の事だ。本気で、エリフィスの望みを叶えるつもりか」

その言葉に、エリスは驚いた。婚約者以外には冷血漢のこの兄が。まさか。

「お兄様。もしかして、わたくしの事を心配なさっていますの？　お兄様が？」

「たった1人の妹を心配して、何が悪い」

驚いているのはエリスだけではなかった。ハリーの前に自分たちの仕事をさりげなく積み上げて、流れるように処理されていく書類に喜んでいたダフとラブも。それを怖い笑顔で見ていたハルも。ぽかんと口を開けて驚いていた。

ハリーは無駄が嫌いだ。興味のない事には関わらない。ハリーの第一は研究と婚約者で、それ以外はないと思っていた。

それがまさか、妹が心配だなんて言葉が出るとは。

「まぁ。お兄様にも、情がございますのね……。意外でした」

本気で動揺して、エリスは本音をポロリとこぼす。

「人並みにはあるつもりだ」

さらさらと書類を捌く手を止めず、ハリーは妹の失言に怒りもせずに、そんな事を言う。

「もしもエリフィスの事で迷っているのなら、俺があいつを説得してもいい」

「お兄様が出てくるとややこしくなりそうですから、やめてくださいませ」

珍しくもお節介な兄の申し出を、エリスはきっぱりと拒否した。この兄が関与したら、エリフィスの本心など、あっさりと曲げられてしまうだろう。

2人の会話の『エリフィスの願い』がなんなのか分からず、双子は気になった。だが、割って入れる雰囲気ではない。

困った顔で見上げると、ハルは素知らぬ顔で書類を片付けていた。その落ち着き払った態度が双子の気持ちを余計にざわざわとさせる。

「ふん。手に余るなら、必ず俺を呼べよ」

不機嫌そうな声で立ち上がると、来た時と同じようにハリーは音もなく帰っていった。時間にして十数分。その場にいた全員になんともいえない空気を残し、なおかつ、積まれた書類を全て、完璧に処理して。

目論《もくろ》んだ通り、今日の仕事は全てハリーが片付けてくれたようだ。しかし、それ以上の謎と不安を残していったため、双子は恨《うら》みがましい気持ちになった。


ハリーの来襲で仕事が早く片付いたエリスたちは、そのまま休憩を取る事にした。

ラブがお茶を供し、珍しくハルと双子もエリスとお茶を相伴《しょうばん》した。

「意外でしたね、ハリー様があんな風にお嬢を心配していらっしゃるなんて」

ダフがしみじみそう言うと、ラブがうんうんと頷く。

「ハリー様って、エリス様とあまり関わっていらっしゃらなかったと思うんですけど。やっぱり気にかけていらしたんですね」

ラース家の兄妹が、あんな風に並んで仕事をするところを初めて見たラブは、しみじみとそんな事を言う。決して仲が悪いわけではないが、年も少し離れているせいか、ハリーとエリスはあまり関わる事がなかったのだ。

「そうね。お兄様は昔からマイペースな方だったから。ご自分の興味がおありになる事にしか労力を割かないと思っていたのだけど、妹を心配するなんて人並みの感情もあったのねぇ」

容赦ない言葉だったが、反論する者は誰もいなかった。

「そ、それにしても。ハリー様、すっかり元のお元気な姿に戻られていましたね！」

「そうそう。あんなにお痩せになっていたのに。顔色も悪かったし、私、本当にご病気になられたのかと信じてしまいそうでした」

「俺も！　いくら侯爵家を継ぎたくないからって、病気の芝居までするなんて。迫真の演技でしたが、ちゃんと俺たちは、偽装だって分かってましたよ」

得意げな双子の言葉に、エリスは無言で笑みを浮かべ、紅茶に口をつける。

対照的に、ハルは悪鬼の表情で双子を睨みつけていた。

「こっの、愚弟に愚妹が！　お前らの目は節穴か。イジー家の恥め。お前らなど、百回死んで生まれ変わってこい」

兄の暴言など日常茶飯事な双子も、これには納得できずに憤慨した。ハリーが後継者の座から逃れるために、仮病で周囲を欺《あざむ》いていた事を双子もちゃんと気づいていたのに、なぜ罵《のの》しられなくてはならないのか。

使用人の中には、ハリーが本当に病気だと信じている者もいるのだ。それぐらいハリーの演技は真に迫ったものだった。

「だからお前たちは精進が足りんのだ。ハリー様の仮病など、馬鹿でも分かる事だ。確かに顔色は悪くお痩せになっていたように見えたが、足音や身体の運びから体重自体は変わっていらっしゃらなかった事など、一目瞭然。あれは幻影魔術の応用で、そう見せていただけだ」

ハルは銀縁の眼鏡を外して、眉間を揉んだ。本気でこんな単純明快な阿呆どもを、エリスの側近にしていいものか、悩ましい。

「幻影魔術？　そんな！　魔術の気配なんて、全然感じなかったわよ！」

「足音と身体の運びで、体重の増減なんて分かるのかよ？」

兄の言葉に双子は衝撃を受けた。だから、短期間で回復していたのか。

「馬鹿どもめ。だから、そんな上辺《うわべ》だけに囚《とら》われるんじゃない。ハリー様の仕込みは、そんな単純なものじゃないんだ」

苦りきったハルの言葉に、クスクスと声を上げてエリスが笑う。怒ったり、驚いたりと表情をコロコロ変える双子が、可愛らしかった。

「ダフ、ラブ。ハルの言う通りよ。お兄様は侯爵家を継がないために、色々画策していらしたの。それはね、病を装って後継ぎを降りるだけではなかったのよ。お兄様の下準備は、数年前から始まっていたの」

そっくりな表情で混乱している双子を愛でながら、エリスは続けた。

「いくら我が国の法で女性の爵位継承が認められているとしても、女のわたくしが爵位を継ぐ事には反発があったと思うわ。陛下が革新的な考えをお持ちでも、保守的で頭の固い貴族が多いのは事実。お兄様が後継ぎを辞退したくとも、女のわたくしが継げば他家からの注目を集める事になる。そんな目立つような事、お父様はお許しにならなかったと思うわ。お兄様はラース家を継がざるを得なかったでしょう。侯爵夫人としての適性がメル様にないのも周知の事実だったから、婚約も解消になったでしょうね」

ハルが新たな紅茶をカップに注ぐ。爽やかな香りが広がり、エリスはしばし言葉を止めて紅茶を楽しんだ。

「……だからお兄様は、女性が爵位を継ぐ事が珍しくないという状況を作り出したの」

エリスは問題を出す先生のように、ダフに優しく尋ねた。

「ダフ。女性の爵位継承が流行り出した切っ掛けがなんだったか、覚えていて?」

「それは、リングレイ侯爵家のご子息と、ボレー伯爵家のご息女の大恋愛……」

答えながら、ダフはまさか、と動きを止めた。その横でラブが、息を呑《の》む。

「そうよねぇ。あの世紀の大恋愛と言われる、お二人の後継問題があったからだわ。ふふふ、怖いお兄様。一体どうやって、あのお二人を結びつけたのかしら。昔から、場を整えるのがお得意でいらしたけど、本気を出せば世間の風潮さえ変えてしまわれるのだから」

コロコロと笑うエリスに、ダフもラブも呆然とするしかなかった。ラース侯爵家の後継ぎが女性であっても目立たぬように、男性が爵位を継承する常識の方をハリーは変えてしまったというのか。並々ならぬ熱意を感じる。

「お兄様の決して譲れないものは、婚約者のメル様。もしメル様に侯爵夫人としての資質があれば、後継なんて面倒というお気持ちが元々あったとしても、常識を変えてまで放棄しようだなんて熱意は、お兄様になかったと思うわ。そんな手間のかかる事をするぐらいなら、爵位を継いで、ご自分の研究の片手間に当主の仕事をなさっていたでしょう。今までだって易々となさっておいでしたもの」

先ほど十数分で書類を片付けてしまった事からも分かるように、ハリーは非常に優秀だ。侯爵家当主としての仕事と王宮での役職のどれもを、ハリーは片手間でこなしていた。自分のやりたい研究を優先し、余った時間に仕事を適当に終わらせる。ハリーにとって、それぐらいは造作のない事だった。

「でもメル様は、侯爵夫人としての資質がない事を真面目に悩んでいらっしゃった。お兄様との婚約を解消しなくてはと思い詰めていらっしゃった。だから、お兄様は面倒でも爵位を放棄する事になさったのだわ」

ハリーも周囲も、侯爵夫人としての資質など、メルに望んでいなかった。だが常識人のメルにとって、ハリーの足手まといになるのは絶対に避けたい事だったのだ。自分よりも侯爵夫人に相応しい人を迎えて欲しいと、身を引こうとした。

だからハリーは、戦法を変えた。女性の爵位継承という常識を準備し、病を装い、爵位を放棄して妹に押しつけた。ついでに病でメルの同情を引いて己の側に囲い込んだ。多分メルはハリーの仮病に気づかず、本気で病に心を痛め、側に居続けるだろう。疑う事を知らない、素直で可愛らしくて優しい女性なのだ。

「わたくしとて、鬼ではないのですもの。いくら爵位を継ぐのが面倒でも、人の恋路を邪魔するつもりはないわ。それに、もしわたくしが邪魔をしたら、いくら妹でもお兄様は容赦しなかったでしょう。お兄様はわたくしの知る限り、誰よりも強欲で冷酷な方なのよ。あんなのと全面戦争なんて、相当な覚悟で応戦しなくてはいけなくなるわ。そんなの、爵位を継いだ方がまだ面倒が少ないじゃない」

ヒプレス勝負は、エリスを納得させるためのおまけのようなものだった。あれで徹底的に兄には敵わないという事を、エリスは理解した。

嘆息混じりのエリスに、双子ばかりかハルまで冷や汗をかいていた。ラース侯爵家の後継争い。世間一般からすると逆の争いだが、この2人が正面衝突したら、どれほどの被害が出ていたのか。

「でもこうなってみると、お兄様のした事は結果的にはよかったわ。もしもわたくしが侯爵家を継げなくても、お兄様は病によって退場しているのですもの。お父様もお兄様に継がせるなんて、考えもしないでしょう。諦めて分家から適当に養子でも迎えたらいいのだわ」

ホホホと軽やかに笑い声を上げるエリス。

どうしてエリスが侯爵家を継げなくなるのか。その理由は、聞いたとしても、答えてはもらえないのだろう。

なんとなく、双子は悟っていた。兄は分かっているのかもしれないが、それを自分たちに語る事はないだろう。

それにしても、双子は心の底から反省していた。

癪《しゃく》ではあるが、ハルの言う事には一理ある。双子は愚かにも、ハリーは病を装って当主の座から逃れるつもりだろうという、底の浅い企みにしか気づけなかった。でも普通、他人の恋愛までも操り、さらに頭の固い貴族たちの常識を変えるだなんて、誰が思うだろうか。

「お兄様も変なところが完璧主義だから……。ほら、世論の誘導って、お兄様の研究内容と共通点があるでしょう？　途中からは楽しくなっていたのではないかしら。色々とデータを取っていたようだし」

あまり詳しく聞いた事はないが、ハリーは一体なんの研究をしているのか。ほんの少しエリスから漏れ聞く今の話ですら、なんだか不穏な単語がいくつも散りばめられていたのだが。今後も詳しく聞くのはやめようと、双子はこっそり決意した。凡人の自分たちには、理解も共感も出来る気がしない。

「全く。お前ら程度の鳥頭の補佐しかエリス様にいないのだと思うと、先が思いやられる。どう教育したら、人間並みの知能が持てるのか」

冷たく吐き捨てる兄に優しさを求めるのは無駄と分かってはいるが、それでも、もう少し弟妹に対して温情というものを持てないだろうか。双子はハルの言葉にグサグサ刺されながら、悄然と頭を垂れていた。

「あら。ハルは厳しいのね。ラブやダフは頑張っているじゃない」

「エリス様……。このような輩を甘やかしてはいけません。こ奴らにも、側近として最低限の能力は必要なのです」

血を分けた弟妹を輩扱いするハルを、エリスはじっと見つめる。

「大丈夫よ。わたくしの側には、いつもハルがいるから」

浮かべた笑みは無邪気で、信頼に満ちていた。

「何があっても。ハルがいれば、わたくし、なんの心配もないもの」

こてりと、エリスは首を傾げる。

「ああ、でも。ハルは側近ではないものね。それじゃあやっぱり、2人にも、もう少し、頑張ってもらわなくてはいけないわね？」

ね、と優しくエリスに言われ、ダフとラブはしっかりと頷いた。エリスにそう言われたら、ダフもラブも「諾」以外の言葉はない。

エリスは思い出したようにぽんと手を叩いた。

「あら、そうだわ。わたくし、お友達にお貸しすると約束した本があるのだわ」

図書室に探しに行くというエリスの側に、ラブはすかさず付く。2人が部屋を出ていったところで、「あれ？」とダフは思った。

「なぁ、ハル兄ぃ。ハル兄ぃはエリス様の側近じゃないのか？　側近じゃないなら、何になるんだよ」

専属執事って、側近じゃないのか。いや、ハリー様の専属執事は、執務の補佐をしていて側近も兼務しているよなぁと、自分より背の高い兄を仰《あお》ぎ見ると。

「うわっ。なんだよ、気持ち悪ぃ」

耳まで真っ赤にして顔を蕩けさせている兄に、ダフは心の底から気持ち悪いと思ってしまった。

◆◇◆◇◆

珍しく父、パーカー侯爵が夕食を共にとると聞いて、レイアは嬉しさで一杯だった。

名門パーカー侯爵家の家長である父は、法務大臣であり、陛下の信頼も厚く多忙を極める毎日を送っている。家族で夕食を共にとるなど、月に一度あればいい方だ。しかも今日は、同じく仕事で忙しい兄、カイトも同席するという。いつもは母とレイア、弟のロイ、３人だけの寂しい晩餐《ばんさん》だったが、久しぶりに家族一同が揃う事になる。


「なるほど。最近、父上が手掛けていらっしゃる人身売買禁止法の強化は、ジラーズ王国からの移民を保護する目的があったのですね」

「あぁ。彼《か》の国は現王の病が重くなり、次代の王位を巡って第1王子と第2王子の関係が悪化し、政情が不安定だ。小さな内紛も少なからず起きていて、我が国への難民が増えている。我が国は人身売買を禁じているが、拠《よ》りどころのない者たちにつけ込んで、悪銭《あくせん》を稼《かせ》ぐ者があとを絶たない。今回の禁止法の厳罰化はそれを防ぐためのものだ」

和《なご》やかに始まった夕食は、初めはカイトの仕事の話、レイアやロイの学園生活の話など他愛ないものだったが、進むにつれて難しい話題に移っていった。

話の中心は父とカイトだ。特にカイトは、今はまだ下っ端だが、王宮に勤める身として、大臣の父が携わる事に興味が尽きないようだ。まるで教師に教えを請う生徒のように、熱心に父と議論を交わしている。

レイアやロイもまだ学生の身だが、父やカイトの話は興味深い。現役の大臣や官僚から生きた政治情勢を聞くのは、学園の授業では味わえない経験だ。

「人身売買の禁止については学園でも学びましたが、厳罰化を検討されているとは知りませんでした」

レイアの言葉に、ロイも頷く。

「まだ策定の段階だからね。しかし秘匿されているものでもない。世情に耳に傾けていれば、知る事ができる。お前たちも学生だからと甘えず、普段から見聞を広げるように心がけなくてはな」

穏やかながらも厳しい父の言葉に、レイアもロイも背筋を伸ばして頷いた。

だがそんな厳しい父の言葉が、レイアには嬉しかった。ロメオ王国は長年、男性優位の風潮であった。レイアの親世代が子どもの頃は、ほどほどの教養を身につけ、いい家に嫁ぐ事が貴族の女性の喜びだと言われていた。それが現王の治世になって活躍の場が広がり、男性と同じように女性も勉学を身につける事がよしとされている。

もちろん保守的な貴族家は昔ながらの価値観で、女性に勉学など不要という家も多い。だがパーカー侯爵家では、兄や弟と変わらない教育が娘であるレイアにも与えられた。パーカー侯爵家を継ぐのは嫡男のカイトだが、もしカイトにその能力がなければ、レイアかロイのどちらかに継がせると父は明言していた。その言葉を受け、3人はお互いに切磋琢磨して育ち、学園でも優秀な成績を修めている。カイトが侯爵家を継ぐ事に異議はないレイアと弟は、その補佐を務める事を楽しみにしていた。

そんな革新的な考えを持つ父を尊敬していたレイアは、つい先頃のクラスメイトたちの軽口を思い出し、思わず呟いてしまった。

「本当に、そうですわね。学生だからといって、あのような軽い考えで家を継ごうだなんて。許せないわ」

「ん？　レイア、なんの話だね？」

誰に聞かせるでもなかった呟きだったが、父に尋ねられ、レイアは渋々不満を口にした。

「先日、同じクラスの女生徒が、ご病気のお兄様に代わって後継ぎに決まられたらしいのですけど」

「ああ。最近多いよね。女当主を立てる家」

兄が苦笑いして頷く。王宮に勤めるカイトは色々な貴族の事情に精通している。後継ぎの交代は事情がある場合に限られているのに、王の意向に沿いたいと娘を当主に立てるのが流行し、届出を精査する仕事が増えているのだ。ただでさえ忙しいというのに余計な仕事が増えて、カイトはこのところ残業続きだった。

「お兄様のご病気はお気の毒ですけど。家を継ぐというのに当主としての責務を分かっていないばかりか、夫になる者は誰かとか色恋ばかりを気にしていて。あまりの自覚のなさに、余計な事と思いましたが、つい苦言を呈してしまいました」

レイアの言葉に、カイトは呆れ、父は顔をしかめた。

「まぁ。気持ちは分からないでもないが、余所《よそ》の家の事に安易に踏み込んではいけないよ」

予想通りの叱責に、レイアは口を尖らせた。

「分かっておりますわ、お父様。でも、あまりにも能天気に、夫候補の方の噂話に興じていらっしゃるんですもの」

「お前のように、勉強や政治にばかり興味を持つご令嬢は少ないだろう。女当主として家を継ぎ、仕事は夫に任せるのも悪い事ではないさ」

不満げなレイアに、カイトが揶揄うような笑みを浮かべた。

「そんなに怒るなんて。刺激的な噂話だったのか？」

「そ、そんな事ではありませんわ！　ただ、私は存じませんが、その候補になっているのが有名な方らしくって」

レイアはカイトに揶揄われ、顔を真っ赤にして否定する。

「有名？　そんな届出あったかな？　どこの家だ」

「ラース侯爵家ですわ」

レイアの言葉に、カイトは首を傾げる。

「ラース侯爵家？　……ああ、たしか嫡男のハリー・ラースの持病が悪化して、妹のエリス嬢に後継ぎが変更になったんだったな。もしかしてラース家って、あのイジー家が仕えている家か！　っていう事は、エリス嬢のお相手はもしやハル・イジー？　そりゃあ有名……」

カイトの言葉を遮って、ガシャンとカトラリーの音が響く。突然の大きな音に、ぎょっとして視線を向けると、父がカトラリーを取り落としていた。その顔は青ざめている。

「お父様！　どうなさったの、お加減でも？」

「父上、顔が真っ青です！」

驚いて駆け寄る家族に、父はふるりと頭を一つ振り、震える声で呟く。

「いや、大丈夫。なんでもないよ」

「あなた、少し休まれた方が……」

青ざめる母の言葉に、父は、今度はしっかりと頭を振った。

「いや、大丈夫。少し寒気がしただけだ。疲れているのだろう。今日は早めに休むとしよう」

穏やかで落ち着いた声はいつもの父で、子どもたちはホッと息を吐く。だが母は動揺しているのか、未だにその顔は青い。

「それよりレイア。他家の事に、二度と余計な口を挟んではいけないよ。それぞれ事情があるのだから」

「……はい」

そう釘を刺し、父は早めに食事を切り上げ、母と共に部屋に下がってしまった。

あとに残された3人は、なんとなく落ち着かない気持ちでデザートを食べる。不安な雰囲気が続くのに耐えかね、レイアは先ほどの話題を持ち出した。

「お兄様。エリス様のお相手って、そんなに有名な方ですの？」

「あ、ああ。ハル・イジーといえば、お前たちの代ではよく知らないかもしれないが」

「エリス様の侍女と侍従も、確かイジー家の方ですわ。とても優秀で先日の課外実習にも参加なさっていたのよ」

学園内では知らぬ者がいないほど、イジー家の双子は有名だ。男女の双子で2人とも見目麗しく、成績はトップ。剣技と魔術にそれぞれ秀で、子爵家の身分にもかかわらず王太子殿下の側近にと熱望されているが、一途《いちず》にラース侯爵家に仕えている。

「そのイジー家だ。ハル・イジーは双子の兄で、俺たちの代では有名な人だよ。今はラース家に執事として仕えているのであまり噂を聞かないが、在学中は数々の伝説を作ったんだ」

「伝説ですか……」

歴史の長い学園には、伝説の生徒の逸話が色々と残っている。剣技が素晴らしく、在学中に騎士団にスカウトされた生徒など事実に即したものもあれば、魔術一発で竜を吹き飛ばしたといった荒唐無稽《こうとうむけい》なものもある。伝説と言われても、俄かに信じられるものではない。

疑いの色が濃いレイアを見て、カイトは笑った。

「レイアの気持ちも分かるが、ハル・イジーの伝説は本物だよ。一番有名なのは、飛び級で学園の高等部をたったの1年で卒業した事だ。優秀すぎて彼に教えられる教師はいないとまで言われていたんだ。試験は全て満点、実技は剣技も魔術も優れ、高位魔獣を単独で狩る実力があった。そのあまりの有能さに、同学年で在学されていた王弟殿下から側近にと望まれたが、一生仕える方がいるからと辞退した忠義者だ。まるで物語の王子様のように外見も麗しく、王弟殿下と人気を二分していたよ」

「飛び級……」

レイアは信じられなかった。王立学園のレベルは、優秀なレイアでもついていくのが大変なほど高い。通算3年の高等部を1年で卒業するなど、信じられなかった。

「そんな凄い方が、本当にいらっしゃるんですね？」

弟のロイがはしゃいだ声を出す。彼も通学しているので、飛び級の難しさは分かっている。

「だから驚いたんだ。あの天才ハル・イジーが忠誠を誓うラース侯爵家とは、どれほど素晴らしいのか。でも王宮内での地位はそれほどパッとしないし、夜会でお見かけしたエリス嬢も、可愛らしいが至って普通の令嬢だったから。ハル・イジーがどんな美女にも権力にも靡かないのは、主家の美しいお嬢様に懸想しているからだと、当時の学園では凄い噂だったんだ。でも、そうでもなさそうだし。なぁ、レイア。エリス嬢は学業が飛び抜けて優秀な方なのか？」

「……いいえ。成績上位者の中に名前を見た事はございませんわ。実技は……、ありふれたご令嬢と同じく、苦手でいらっしゃいます」

レイアは記憶を呼び起こして否定する。エリス・ラースは、成績も並みぐらいの、ごく普通の令嬢だ。

「ふーん。じゃあ、イジー家は代々ラース侯爵家に仕えているそうだから、ハル・イジーもその家風に則って忠誠を尽くしているだけなのかな。あの天才がどんな偉業を成し遂げるのかと期待していたが、案外、家の考えに逆らわない保守的な男なのかもしれないな」

カイトはつまらなそうに呟き、その日の夕食は終わった。

「あああああ。ラース家にお詫びをすべきだろうか。だが『紋章の家』については、あちらから接触がない限り不可侵の決まり。しかし、ラース家次期当主に対しての、レイアの暴言。詫びもないままで許されるのだろうか」

自室に下がったパーカー侯爵は頭を抱え、青白い顔でウロウロと歩き回っていた。心配そうな顔の妻が、側に寄り添っている。

「あなた。やはり、何かこちらからお詫びの品でもお送りした方が……」

「いや、普通の貴族家と違うのは、お前も知っているだろう？　下手に接触して秘密が外部にバレたら、あの家の不興を買いかねない。だがこのままにするのは……」

侯爵は思い出していた。侯爵は思い出していた。国王に夫婦揃って謁見を賜り、父のあとを継いで大臣に任命された誉《ほま》れの場で。王家と『紋章の家』との関係と、その守るべき約定と果たすべき義務を、国王から聞かされた。王家と拮抗《きっこう》するほどの力を持つ彼の家を、決して怒らせてはいけないと。国の重鎮たる立場になれば、『紋章の家』との関わりが必ず出てくるからだ。

その日以来、『紋章の家』が関わる仕事をする機会がたびたびあったが、そのどれもが国を左右する大事ばかりだった。我が国の王家は大きな失策もなく順調に国を富ませてきたが、それは間違いなく、『紋章の家』の貢献があったからだ。

そんな重要な家の、次代の当主に対する狼藉《ろうぜき》。彼の家の当主はどの代も温和で友好的だが、だからといって無礼を無条件で許すはずがない。彼の家に睨まれれば、どれほど権勢を誇る貴族家とて、ひとたまりもないだろう。下手をすれば王家すら、敵に回る。

「あ、明日、陛下にお目通りを願ってご相談申し上げよう。ご判断を、仰がなくては」

「それがよろしいですね」

優秀だが、それゆえに勝ち気な娘。高慢とも取られかねないその性格で、揉め事を起こさないかと心配していたが、学園では上手くやっているようで安堵していたというのに。喧嘩を売った相手が、なぜ、よりにもよって『紋章の家』なのだ。

法務大臣として、『紋章の家』と王家の関係を熟知しているパーカー侯爵は、娘の失言で家が潰されるかもしれない恐怖に苛《さいな》まれ、胃の痛みを抱えて朝が来るのを待った。

◆◇◆◇◆

「悪かったな、こんな雑用を手伝ってもらって」

口ではそんな事を言っているが、シュリル・パーカーの目は期待でキラキラと輝いている。

「まぁ。今日の当番はわたくしですもの。先生の御用でしたら、精一杯務めますわ」

エリスは授業の教材を数枚ずつに仕分けてまとめながら、にっこりと微笑んだ。

エリスの通う学園には、その日の当番がクラスごとに1人いる。教材を配布したり、次の教師への連絡事項を伝えたりと、大半は教師の補助の仕事だ。使用人に頼む事が多い貴族の子女には慣れない役割だが、これは学園の伝統であり、子女の教育に必要な事だと、どの身分の者にも課せられている。たまに反発する者もいるが、王太子ですらきちんとこなしているので、現在、学園内でこの制度に逆らう者はいない。

もちろん、教師と生徒という立場だが、男女が一室にいる事は許されないため、エリスの侍女であるラブと護衛のダフが付き添っている。しかし2人の目は、シュリルに反比例するように、どろりと淀んでいた。

「おい、ダフ・イジー、ラブ・イジー。そんな顔するんじゃねぇよ。この前はさすがに、俺もやり過ぎたと思っているんだ。悪かったよ」

「俺はその言葉を絶対に信じません」

「そうよ。先生は絶対に反省なんかしていないわ」

ダフとラブがシュリルの言葉を、真っ向から否定する。猜疑《さいぎ》の色が濃い視線を双子から向けられ、シュリルは気まずそうに頬を掻いた。

「しょうがないじゃないか。折角、ラース家のお許しが出たんだぞ？　たった2日ぐらい質問攻めにしただけで、そんなに怒るなよ」

そんな情けないシュリルの言葉に、ダフとラブは目を吊り上げた。殊勝な言葉に騙されるほど、双子は甘くない。

「先生。『あと1つ、あと1つだけ教えてくれ』って、何回言ったか覚えていますか？　俺は二百五十回目までは数えてましたが、それ以降は覚えていません」

「大雑把《おおざっぱ》ね、ダフ。全部で三百七十二回よ。食事とトイレ以外は全部質問攻め。折角の休みを潰された恨みは忘れませんから」

先日の課外実習で起きた変異種の襲撃事件で、色々と尻ぬぐいをしてもらったお礼にと、以前から魔道具や魔術陣について知りたがっていたシュリルに、ラース家から情報開示の許可が出たのだ。ラース侯爵の命を受け、双子がシュリルの質問に答える事になったのだが、魔術バカが過ぎるシュリルに延々と質問をされ続け、双子はすっかり彼が嫌いになった。以前から魔術愛が激しすぎる鬱陶しい教師と思ってはいたが、同じ質問を何度も何度もいろんな角度から繰り返され、気が狂いそうだった。

「あらあら。ダフ、ラブ。そんなに悪く言ってはダメよ。先生は我が国でも最高峰の魔術師でいらっしゃるのよ。熱心でいらっしゃるのは、当たり前じゃない」

くすくす笑うエリスに窘められて、ダフとラブは唇を尖らせた。確かに、教師に対して無礼な態度であったのは事実だ。しかしダフとラブは、あの地獄の2日間のあと、『あと1つ、あと1つだけ』と繰り返すシュリルに追いかけられる悪夢に悩まされたのだ。あれは、トラウマになっても仕方のないしつこさだった。魔術の事さえなければいい人なのにと、双子は残念な大人の代表に醒《さ》めた視線を向けた。

「それで、シュリル先生？　今日のお手伝いは口実でしょう？　わたくしに何か、御用がおありなのではないですか？」

「ああ、察しがいいな。実は先日、陛下に呼び出されてな」

学園で教鞭を執っているが、一流魔術師として、シュリルは王宮でも役職を持っている。国王からの急な呼び出しで驚きはしたが、緊急性はないようだと思って、それほど構えずに謁見したのだが。

「あー、あのな。陛下の用件は、学園の教師としての仕事にも、俺の身内にも関わる事でな」

ダフとラブに責められた時以上に気まずそうな顔のシュリルに、エリスは不思議そうに首を傾げる。

「込み入ったお話のようですわね？」

パチリ、とエリスが指を鳴らすと、キンッとその場が張りつめる。

「念のため、盗聴防止の魔術を掛けましたわ。聞かれたくないお話は漏れないようにしていますので、どうぞ？」

シュリルは突然展開した魔術にカッと目を見開き、目の前の教材に魔術陣を模写し始めた。

その血走った目は、質問攻めの2日間の時と同じだった。防衛本能が働き、双子はすっとシュリルから一歩退く。

「盗聴防止！　これが！　ブレイン殿下の言っていたやつか。くっそ、なんだこれは、見た事のない術式が！　そうか、ここがあの術式に影響して……」

魔術陣に夢中になっているシュリルを放っておいて、エリスは教材を手早く仕分けていく。

今回、当番として頼まれたのはこの仕分け作業なのだ。それが残りわずかとなったところで、エリスはようやくシュリルに声をかけた。

「シュリル先生。もう少しで仕分けが終わりますが……」

「そうか。ここがこうで。いや、こっちを当てはめてから次に展開が」

全く聞いていない事を承知で、エリスは淡々と作業を進めていく。

「これが終われば、わたくしは帰りますけれど。よろしいですわね？」

「はっ？」

ぱっと顔を上げたシュリルに、エリスは手を止めずに微笑んだ。

「当番のお仕事が終われば、速やかに帰宅する。普通の生徒ならば、当然の事ですわ」

平凡に擬態するエリスが、常の生徒にない行動を取るはずがない。当番が教師の手伝いをするのは、長くとも1時間程度。それ以上は不審に思われる。

「ちょ、ちょっと待て！　この魔術陣の展開で質問が、あ、いやいや、いかん。陛下の呼び出しの話をしていたんだ。エリス嬢、先日、レイア・パーカーと揉めたというのは、本当か？」

「「えっ？」」

焦ったシュリルの前置きも配慮もないストレートな質問に、双子から驚きの声が上がる。聞いていていない。そんな話、エリスから全く聞いていていない。主人のトラブルは、当然側仕えが把握しておくべき事項だ。学園内の出来事とはいえ、そのまま家同士の関係や主人の安全面に十分関わってくるからだ。

「その件が先日、パーカー侯爵の耳に入ったようでな。侯爵は娘が『紋章の家』と揉めた事に怯え、いや、驚いたみたいでな。すぐに陛下に謁見を求め、助けを、いや、判断を仰いだそうだ。『紋章の家』と揉めるなんて、国の重鎮としてはよろしくないからな。侯爵は、不快な思いをさせてしまったのなら、詫びがしたいそうなんだが……」

それで、ラース家の意向を確認するために、シュリルは国王に呼び出されたのだ。それぐらいでラース家は怒ったりしないと、国王はパーカー侯爵を諭したようだが、安心できなかったようで、侯爵から必死で取りなしを懇願されたらしい。「パーカー侯爵が心労で倒れるかもしれん、お前、何か聞いていないのか？」と、うんざりした顔の国王に聞かれたが、学園内の出来事とはいえ、シュリルもそんな事は把握していなかった。

「そんな大仰《おおぎょう》な事ではございませんわ。わたくしが家を継ぐ事をお友達と話していたら、パーカー嬢のお気に障ってしまったのです」

揉め事について苦笑気味に説明され、シュリルは安心し、逆に双子は激昂した。

「はぁ、なんですかそれ。お嬢さまがお友達と何を話そうが、その方には関係ないじゃないですか！」

「自分だけが志が高いとか思っててんじゃねぇの？　ちょっとばかし周りから優秀だってちやほやされて、思い上がってんだよ」

主人を馬鹿にされ、双子の怒りはヒートアップしていく。今にも飛び出していって、パーカー侯爵家に乗り込みそうなのを、エリスに優しく窘められる。双子が渋々落ち着いたのを見計らい、シュリルは口を開いた。

「まぁ、なんだ。エリス嬢が怒っていないようでよかった。パーカー侯爵家は、俺の家の主家に当たるんだ。俺のひい爺《じい》さんがかつての当主の弟で、侯爵家から余っていた爵位を1つもらって、できたのが俺の家なんだ」

シュリルの家は子爵家だ。当然、侯爵家の方が身分的には上で主家に当たり、親戚付き合いもある。そんな家がラース侯爵家と揉めるなんて、絶対に避けたいはずだ。

「まぁ、ほほほ。それぐらいで怒ったりはしませんわ。学生同士の、よくあるやり合いではありませんか。普通の事ですわ」

エリスはコロコロと笑う。平凡な学園生活に、少々のスパイス。それもまた、平凡が際立つために必要なものなのだ。

「平凡の擬態はさすがだな。まぁ、試験のたびにあれを保っているのだから、その辺の加減は得意なんだろうが」

予想していたとはいえ、想定通りのエリスの言葉に、シュリルは溜息を吐く。

「……あら。お気づきでしたか？」

「俺は担任だからな」

学園の担任は、高等部の3年間はずっと変わらない。もちろん、監視とフォローのために、エリスのクラスはシュリルが担任だ。そのお陰で気づいたのだが。

「あれって、なんの事ですか、お嬢さま」

2人の会話の意味が分からず、ラブが不思議そうに聞いた。ダフも同様に首を傾げている。

「……エリス嬢の試験の点数だよ。エリス嬢は、試験のたびに平均点を取っている」

双子はさらに首を捻《ひね》る。本来は優秀なエリスが実力のまま試験を受ければ、学園の試験など毎回満点で首位は確実だ。周囲を欺くために平均ぐらいの点数を取って、目立たないようにするのは当然じゃないだろうか。

「満点が取れる試験で、わざとミスをして点数を下げるのは簡単だろう。だがな、エリス嬢は毎回平均点を取るんだ」

　双子はシュリルの言葉の意味を理解できないようで、それがどうした？　という顔をしている。そんな双子に、シュリルは質問された時の教師の顔で、懇切丁寧に説明した。

「いいか、試験っていうのは、難易度によって点数が変動しやすい。それに当日、体調不良で試験を受けられない者もいる。学生全体でどれぐらいの平均点になるかなんて、試験を作った教師にだって予測するのは無理なんだよ。それがエリス嬢は毎回、全教科の総合点が平均点になる。しかも、数学と魔術は少し低め、それ以外の教科は高めの点数を取る事で平均を保っている。問題の傾向や受ける人数、生徒たちの習熟度を勘案して、試験のたびに総合で平均点を取り続けているんだ。普通はそれが不可能な事ぐらい、考えれば分かるだろう？」

　ダフとラブは想像した。試験を受ける時に、今日は誰が欠席だとか、今回の試験は難易度が高いとか低いとかを勘案しながら、どの教科を高め、あるいは低めの点数にするかを計算し、総合で平均点になるように調整していく。それは、とんでもなく難しい事だ。というか、どうやるのだ。普通は不可能だ。いや、それよりどうして、そんな事をする必要があるのか。

　全く理解できなくて、ぎぎぎっと振り返って主人を見つめると、エリスは恥ずかしそうに頬を染めた。悪戯がバレたみたいな表情を、もしこの場に兄のハルがいて目撃していたら、その可愛らしさに、間違いなく悶絶していたであろう。

「だって、ただ点数を下げるだけでは簡単すぎて、つまらないでしょう？　皆様は試験勉強を一生懸命なさって、試験に臨まれているのよ？　わたくしも普通の学生みたいに、そういう苦労を味わってみたかったの」

エリスの予想外の答えに、双子は驚き、そして脱力した。試験のたびに努力して首位をキープしている双子だが、自分の存在をなんだかとてつもなく矮小《わいしょう》な、虫けらのように感じてしまったのだ。エリスが優秀というか、格が違うというか、次元が異なる事は分かっていたのだが、それをまざまざと見せつけられたようで、気持ちがついてこなかった。兄の『だからお前たちは鍛錬が足らんのだ』という声が、どこからか聞こえてくるようだ。

一方シュリルは、「え、そんな理由なのか？」と単純に驚いていた。エリスのする事だから、学園の生徒の能力を測るためとか、何かのデータを取るためとかの、深い理由がある気がなんとなくしていたのだ。

それが。なんだ、その理由は。なんの必要もない無駄な努力ではないかと、純粋に呆れた。

「なんとか今の平均点をキープできるように、卒業まで頑張りますわね」

むんっと拳を作って気合いを入れるエリスは、やる気に満ち溢れている。

それにしても。1つだけ双子に分かった事がある。

双子の主人は、平凡な学園生活を間違いなく楽しんでいるようだ。

◆◇◆◇◆

「へ、へ、へ、へい、陛下。お取りなしいただけましたでしょうか？」

国王は、ここ数日ですっかりやつれたパーカー侯爵に苦笑いをしながら頷いた。朝一でパーカー侯爵家に知らせを送ったのに、使者が戻らぬうちに超特急で謁見の申請が届いた。よほど気掛かりだったのだろう。

「ああ。気遣いは不要と、返事があったぞ」

国王の言葉を聞いて、パーカー侯爵は力が抜けたように、その場にくたくたと崩れ落ちた。

「だから、心配などいらんと言ったであろう。あの者たちは、多少の非難ぐらいなら、気にはせんと」

しかも今回は、まだ学生の身である令嬢同士の諍いだ。シュリルの話では、エリスは学園生活の一場面として、楽しんですらいたらしい。

「ですが！『紋章の家には触れるなかれ』は、陛下よりこの地位を賜った際に、念を押された事でございましたからっ」

　へたり込んだまま浅い呼吸を繰り返すパーカー侯爵に、国王は視線を逸らした。

「あー……。そうだったなぁ。其方が大臣の任に就いた頃に、ちょっとあの家と揉めた事があったからなぁ」

　あの時。ある事件を巡って、ラース侯爵家と王家は揉めてしまったのだ。非は間違いなく王家にあった。

「あの時のラース家は恐ろしかったからなぁ。そうそう、怒っていたのは、まだ幼かった令嬢で……」

　当時の事を思い出し、国王はブルリと震えた。

　まだ国王が若く、野心もあった頃の話だ。ついつい欲を出しすぎて、ラース侯爵家に踏み込みすぎた。

　ラース侯爵は鷹揚に許してくれた。だが、全ての者が彼のように寛大だったわけではない。

　特に、まだほんの幼子《おさなご》であった令嬢の怒りは凄まじく、国王は初めて身が竦むような恐怖を感じた。冷ややかな微笑みと、子ども特有の残酷さと、大人顔負けの容赦ない責め。まぁまぁと宥める父親の言葉など聞き入れず、確実に、完璧に、こちらの言い訳を全てはねつけて、心を折ってきた。悪夢だ。

「……いや。気にする必要はないなどと、軽く扱って悪かったな。うんうん、そうだな。あの家は怒らせると恐ろしいからなぁ。礼儀は、きちんとしておかんと」

あの悪夢の再来はご免である。『紋章の家には触れるなかれ』。大変重要な言葉だ。

「エリス嬢が卒業するまで、お前の娘にあの家の事を話すのは得策ではない。エリス嬢はあくまでも平凡な日常を望んでいるからな。万が一、あの家の事がお前の娘から漏れたりしたら、それこそ一大事よ。……才があるとはいえ、他家を軽んじる態度は改めるよう、娘には、よく言って聞かせるのだな」

「は。それは十分に」

深く深く頷くパーカー侯爵に、王は同情した。勝ち気と聞く侯爵の娘は、確かエリス嬢と同学年だった。卒業までまだ2年もあるのだ。生きた心地がしないだろう。

「さて、パーカー侯爵よ。これで憂いは晴れたであろう。其方に命じた、例の件はどうなっている？」

気分を変えるように調子を改めた王の言葉に、パーカー侯爵はキリリと背を伸ばした。先ほどまでの弱気な顔は消え失せ、いつもの法務大臣の顔に戻る。厳格で実直。代々法務を司《つかさど》る名家《めいか》の長らしく、仕事の話となると一切の私情を挟まない。

「は。貴族会への上程は予定通りでございます。見込みでは賛成可決の可能性が高いと」

「反対意見も多いようだな」

「はい。他国には、犯罪奴隷を活用する例がございますから。牢《ろう》で罪人を遊ばせておくぐらいなら、奴隷として売り買いした方が有効だと」

パーカー侯爵の言葉に、国王は顎に手を当てて首を傾げる。

「ふぅむ？　しかし、重罪人に対する鉱山での労働は、既に刑の1つとして行われている。軽犯罪の罪人を売り買いしたいという事か？　それでは貧しさゆえにパン1つ盗んだ子どもも、その対象になってしまうな」

ロメオ王国では人身売買が禁止されて久しいが、奴隷制度の復活を望む声も多い。主に貴族や富裕層の商人からの意見で、労働力を安く手に入れられるのが、その理由だ。

「禁止される前は、違法に闇で取引される者も多かった。少し見目がいいだけで、女子どもが騙され、攫われる。そんな時代に逆戻りするつもりか」

禁止されている今でも、攫われ、売られる者は多い。隣国のジラーズ王国が継承問題で安定を欠き、治安が悪化している今、国王は人身売買禁止法の厳罰化を決めたのだが。

「隣国の第2王子は、余の意見に賛同してくれていてな。どうにかあの王子に、王位を継いで欲しいものだが」

表立って第2王子の継承を望めば、ロメオ王国がジラーズ王国に内政干渉をしたと疑われるため、沈黙を貫いているのだが。

いい加減、隣国の余波でこちらの国が混乱するのは防ぎたい。それもあっての厳罰化だ。人身売買肯定派であるジラーズ王国の第1王子にとって、影響は少なくないだろう。

大体、第1王子が第2王子よりも優れているのは、その血筋だけだ。第1王子は、ジラーズ王国の王と公爵家出身の正妃の間に生まれた子。第2王子は側妃の子だが、側妃も公爵家の娘だ。粗暴で高慢で無能と噂される第1王子と、穏やかで人望があり、優秀な第2王子。第1子である第1王子が継承権は1位だが、資質から第2王子が相応しいと言われている。

「あの第1王子が王になってみろ。すぐにうちに戦《いくさ》を吹っかけてくるぞ」

内政がごたごたしている国に負ける気はないが、戦となると、とにかく金がかかる。負けなくても犠牲者は出るだろうし、国の士気も下がり、他国から隙を狙われる。戦ほど無駄な事はないと、国王は考えている。

「貴族会でこの法がまとまらなければ、余が勅命《ちょくめい》で通す。だが、貴族会を重んじる『賢王』としては、それは最後の手段だ」

王は茶化すように笑うが、パーカー侯爵は、まるで死地に赴《おもむ》く兵のように重々しく頷く。

「は。そのような事は決して。この命に代えましても、貴族会での可決をもぎ取ってみせます」

「……いやいや。あまり無理はするな。これは余が望む事である。貴族会への根回しは頑張って欲しいが、命まで懸《か》ける必要はないぞ。お前は我が国になくてはならないからな」

謹厳実直が過ぎる法務大臣を、王は眉間に皺を寄せて窘めた。


王の前を辞したパーカー侯爵は、ホッと息を吐いて王場内の執務室に向かった。

足早に歩く彼の眉間には、深い皺が刻まれたままだ。

『紋章の家』との揉め事は回避されたが、パーカー侯爵の懸念はそれだけではない。

王から命じられている重大な任務である、人身売買禁止法の厳罰化。王に報告した通り、反対意見はあるものの、貴族会で可決の目処《めど》は立っている。ある意味、貴族とは人気商売だ。表立って人身売買に賛成すると、他家や領民からの視線は厳しいものになる。そのため、賛成意見の方が多い。

だが、人身売買で益を得る者がいる。それで潤う有象無象の者にとって、今回の厳罰化は痛手になる。特に、ロメオ王国のこの動きにより、隣国の第2王子派にとっては一気に有利に傾く可能性が高い。そのためロメオ王国内の事といえど、第1王子派が見過ごすはずがない。

王には言わなかったが、パーカー家への圧は色々なところからかかっていた。だが、長年法に携わってきたパーカー家は、そんなものに屈するほど柔ではない。しかし

1つだけ、気になるものがあった。ある時からパーカー家に届くようになった、手紙。

貴族同士のやり合いなら、慣れている。表に出ない水面下の戦いにも。侯爵も夫人も、長年社交界を渡ってきたのだ。笑顔の下に上手に隠された悪意など、ものともしない。しかしその手紙は、これまでのやり合いとは明らかに毛色が違っていた。じわじわとこちらの不安を煽《あお》り、それでいて揺るがぬ悪意を感じる。その手紙が届くようになってから、パーカー侯爵は自邸の警備を増やしていた。妻や子どもたちの護衛も増やしている。

妻と上の息子には、大袈裟に捉えるなと前置きをして事情を話したが、娘と下の息子には秘密にしていた。下の息子はまだ幼いからだが、娘は成人している。それでも打ち明けていないのは、勝ち気な性格のため、余計な事をしそうで心配だったのだ。

娘は女だてらに剣を学び、魔術の成績も悪くない。性格上、自ら悪を成敗《せいばい》するなどと言い出しかねないのだ。女だからといって甘やかさず、自立心を持つように育てたが、本人の勝ち気な性格も相まって、かなり好戦的になってしまった。大人しい普通のご令嬢だったら、こんな心配をせずに済んだのにと思うと、なんともやるせない気持ちだ。

法案の、貴族会への上程まであとわずか。

なんとかそれまで平穏無事に乗りきらなくては、と、パーカー侯爵は気を引き締めた。

3章　平凡な令嬢の狩り

　その手紙がレイアの目に留まったのは偶然だった。

　パーカー侯爵家に届く手紙は、まず家令が受け取り、仕分けをする。茶会や夜会への招待、領地に関わるものなど、中身を検《あらた》める権限が与えられている類《たぐい》のものは、家令がそのまま処理をする。主の判断を仰ぐ重要なものは、侯爵や夫人に。そして私的な手紙は、それぞれの家人に渡される。まだ学生であるレイアは、家令から渡される私的な手紙以外を見る事はほとんどなかった。

　だがその日、家令は所用で出かけており、楽しみに待っている手紙がレイアにはあった。他国に嫁いだ従姉《いとこ》からの手紙だ。男兄弟しかいないレイアは従姉を姉のように慕い、月に一度は手紙をやり取りするほど仲がよかった。そろそろ今日辺り、従姉から手紙が届くだろうと楽しみにしていたのだ。

　だから家令の部屋に手紙を運ぼうとしていたメイドに無理を言って、全ての手紙を一旦《いったん》レイアの部屋に持ってきてもらった。パーカー侯爵家ほどの家ともなれば、1日に届く手紙の量はかなりのものだ。大量の手紙の中から自分宛《あ》てのものだけ抜き出すのは難しく、部屋でゆっくり探そうと思ったのだ。

その手紙は、他のものに比べて異質だった。まず、封筒の紙質が粗《あら》い。庶民が使うような安価なものに見えた。真っ白ではなく、くすんだ白。洒落た飾りもなく、無地。使用人宛ての手紙かと思ったが、封筒のどこにも宛名《あてな》がなかった。窓に向けて日に透かしても、宛名が透けて見える事はなかった。素朴な紙質だが、それなりの厚みはあるようだ。

レイアは興味に駆られ、ペーパーナイフを手に取った。宛名がないのだから、誰が開けても問題はないだろう。

中には、白いカードが1枚入っていた。

「……ひっ！」

予想外のモノに、レイアは声を漏らした。白いカードには、赤いものがべたりとついていた。汚い走り書きの、『お前たちを殺す』という文字。

まるでそれ自体が悪意の塊のようで、レイアは思わずカードを放り出してしまった。

カードは逆さまに床に落ちたので、幸いにもおぞましい文字は隠れた。

しかし、レイアの目には、先ほどの文字がしっかりと焼きついていた。

「お嬢様、手紙を……」

そこに厳しい顔でやってきた家令が、震えるレイアと床に落ちたカードを見比べ、はっと息を呑んだ。

「……それを、ご覧になったのですね」

「これは何？」

震えてはいたが毅然としたレイアの声に、家令は視線を床に落とした。

「私の口からは、お話しできません」

「お父様はご存じなのね？　お母様も？」

「……」

家令は押し黙ったが、父と母は知っているのだ。そして、おそらく兄も。

まだ幼い弟はともかく、成人した自分が除《の》け者にされていた事に、レイアは酷く傷ついた。

「侯爵家の権勢を妬むものの仕業でしょう。ただの悪戯です。お嬢様はお忘れくださいませ」

「そうかしら？」

カードを拾い上げて封筒に戻し、何事もなかったように努めて明るい声を出す家令に、レイアは咎めるような声を上げげた。封筒を開けた時に感じた、鉄錆《てつさび》のような匂い。紛れもなく血の匂いだ。あのカードの赤は、赤インクなどではなく、動物か人間の血液なのだろう。そんな手間をかけているのに、ただの悪戯？

「……私からは、これ以上は、何も」

硬い顔で俯く家令に、彼もただの悪戯ではないと考えているのだろうとレイアは悟った。

「お父様にお聞きするわ」

封筒を持って、レイアは家令に背を向けた。家令が顔を強張らせて止めたが、聞く耳を持たなかった。

どんなに遅い時間であろうと、父を待っていよう。父が帰ってきたらこの事について聞く。それまでは諦めないと心に決めていた。


仕事を終えた父が帰ってきたのは、夕食の時間もとうに過ぎ、寝支度を始める頃だった。

いつにも増して疲れた顔の父に気が引けたが、レイアは家令が止めるのも聞かず、父母の部屋に無理やり押しかけた。

「レイア。こんな時間になんの用だ。話があるのなら、明日の朝食の時にしてくれ。今日は疲れているのだ」

不機嫌な父の言葉に耳を貸さず、レイアはじっと父を見つめた。

「それではあまり時間が取れませんので。お疲れのところ申し訳ありませんが、この手紙について教えてくださいませ」

レイアが差し出した簡素な封筒に、父母の顔が曇る。視線を受けた家令が、申し訳なさそうに頭を下げた。

「そうか……。見たのか」

厄介事は次々に起こるものだと、パーカー侯爵は深い溜息を吐いた。1つの心配事が解決したと思ったら、また違う心配事ができた。

「お前は何も気にする事はない。この屋敷の警備は厳重だし、お前たちの護衛も手練れを増やしている」

「まぁ！」

レイアは父の消極的な言葉に、非難めいた声を上げた。

「お父様は、このようなものを送りつける卑劣《ひれつ》な輩に屈するのですか？」

「屈するわけではない。相手にしていないだけだ」

「こんな卑劣な者は、探し出して捕らえて、騎士団に差し出すべきです！　守りを固めるだけなんて、生温《なまぬる》い！」

眉間の皺をもみもみと揉んで、パーカー侯爵は再び深い溜息を吐いた。予感は的中した。勝ち気な娘は無駄に好戦的だ。

「こんな奴ら、私が捕まえてみせますわ！　そうね、わざと護衛とはぐれたふりをして、隙を作って囮になって……」

「そんな危険な事を、お前に許すはずがないだろう」

意気揚々《ようよう》と語る娘に、パーカー侯爵は諭すように語りかける。ちょっと剣術を習い、学園で魔術の成績がいいぐらいの良家のお嬢様に、捕物《とりもの》などできるはずがない。こういうところはやはり世間知らずの貴族令嬢だと、侯爵は頭が痛くなった。

「まぁぁ。お父様。お兄様と同じように独立心を持てと、私にいつも言ってらっしゃるではないですか！」

独立心を持てとは言ったが、闘争心を育てろとは言っていない。

「レイア。お父様のお言葉に逆らってはいけませんよ」

それまで黙っていた侯爵夫人が、たまらず口を挟んだ。窘めるようなその言葉に、レイアの反抗心はますます燃えさかる。

「いいえ、お母様。お父様になんと言われようと、私は絶対に悪に屈したりはしません！　この身を懸けて、断固、悪と戦います！」

頑なにそう言いつのる娘を夫人は叱責するが、レイアは全く聞く耳を持たない。それどころか、叱責する母を非難する始末だ。

パーカー侯爵は疲れていた。今朝までは、娘の失言で『紋章の家』の不興を買ったのではないかと、心身をすり減らして心配していた。

法案の可決をもぎ取るため、有力貴族たちへの根回しで毎日奔走している。狸《たぬき》な貴族たちと腹を探り合い、時にはぶつかり、時には引いて。そんな忙しくも張りつめた緊張状態が続く毎日を送っている。そうしてクタクタの身体を引きずって家に帰れば、休む間もなく娘に突撃され、喧嘩腰で喚かれている。

だから、冷静で余裕のある、普段の父親はそこにはいなかった。穏やかに諭し、娘を指導する理想的な父親はいなかった。

そこにいたのは、駄々を捏ねる子どもに本気で切れる、大人げのない親だった。

「いい加減にしろ！　箱入り娘のお前に、何ができると思っているのだ！　今は重大な法案が貴族会を通るかの大事な時期だ！　わざわざ事を荒立てるような真似はやめなさい！」

思いのほか、大きな声が出た。怒鳴られたレイアはビクリと身体を竦め、目を真ん丸にしている。その瞬間、パーカー侯爵は失態を悟った。生まれて初めて父親に怒鳴られた娘は、プルプルと震え、ほんのり目尻に涙を滲ませている。

「見損ないました、お父様！　娘を怒鳴って言いなりになさろうとするなんて！　私は、絶対にやり遂げてみせますから！」

娘は、無駄に勝ち気なのだ。親の怒鳴り声に萎縮《いしゅく》するどころか、さらに闘志を燃やす結果となってしまった。娘の怒りを抑えるどころか、逆に燃料を注ぎ込む事になり、パーカー侯爵はまずいと思った。

だが、父親の威厳というものがある。こちらもクタクタになるまで仕事をしていた。怒鳴りつけた事を素直に詫びる気持ちには、なれなかった。

「できると思うのなら、やってみるがいい！　自分の無謀《むぼう》さを、少しは反省しなさい！」

さらに追加の燃料を注ぎ込んでしまうぐらい、本当に疲れていたのだ。

レイアは淑女らしからぬ足音を立てて、夫婦の部屋から出ていった。

家令がオロオロしながら、レイアのあとを追う。長年パーカー侯爵家を切り盛りしてきた冷静沈着な家令が、これほど狼狽《うろた》えているのを見るのは、初めてだった。

「……は」

疲れた息を吐き、パーカー侯爵は深々とソファに座り込む。夫人も少々混乱していたが、力なく座る夫の側に寄り添った。

「全く。なぜ、次から次へと問題が起こるのだ」

呻く侯爵に、夫人が泣きそうになりながら、頭を下げる。

「申し訳ありません。私の躾が甘かったのです」

落ち込む妻に、侯爵は緩く頭を振った。妻が悪いわけではないのだ。

「甘やかしすぎたか。女だからといって嫁ぐだけが道ではないと、色々自由にさせすぎたか」

「いいえ、旦那様。そのお考えは間違ってなどおりません。その証拠に、同じように育てたカイトやロイは、あそこまで好戦的ではありませんわ」

溜息混じりの妻の言葉に、侯爵は納得する。確かに、嫡男のカイトは侯爵に似て冷静で、ちゃっかりしているというか。あれが熱くなるところなど想像できない。次男のロイも穏やかで、人と争うのは苦手だ。

「……そうだな。レイアの性格を分かっていて、怒鳴りつけた私が悪かったのだ」

冷静さを取り戻した侯爵は、三度、深い溜息を吐いた。

「明日の朝食の席で、レイアともう一度話してみよう。なに、仕事は多少遅れたところで問題はない。レイアととことん話をして、分かってもらうさ」

もう話す気力は残っていない。今日はもういいだろう。それぐらい侯爵は疲れきっていたのだ。そう思ったとしても、仕方のない事だった。

だが、侯爵は、この事を後悔した。あの時、レイアの部屋に行ってとことん話し合わなかった事を。

そして、好戦的で無駄に行動力のある娘の性格を、読みきれていなかった事を、とことん後悔したのだ。

翌日の朝早く、レイアは家を抜け出した。

護衛たちの交代の時間の隙をつき、使用人たちが慌ただしく仕事を始める頃に、平民の娘のような格好で誰の目にも留まる事なく、裏門から街に出た。

平民用の服は、校外学習があった時に作ったものだ。平民の生活を体験する趣旨で、女子生徒はドレスではなく、装飾の少ない簡素なワンピースを纏った。その時以来、袖を通していなかったワンピースを活用する事にしたのだ。

家族に黙って出かけるなんて、貴族令嬢のレイアにとっては初めての事だ。いつも馬車から眺めていた景色は、歩いてみればまた雰囲気が違う。そんな事にうきうきしながら、キョロキョロと物珍しげに街を見回す。

悪者を捕らえるための策として、レイアは自らを囮にする事に決めたが、悪者がどこにいるかなんて分からない。ただ、奉仕活動で訪れた事がある孤児院周辺は、下町エリアでも特に治安が悪く、決して1人にならぬようにと護衛たちに言われていた。それを思い出し、近辺に行ってみるつもりだった。

しばらく歩くと、見覚えのある風景が見えてきた。目的地である、孤児院の近くまで来たようだ。大通りから少し外れただけで人影は少なくなり、雰囲気も暗く、足元もぬかるんでいて歩きづらい。以前はたくさんの護衛と侍女が一緒にいたので気づかなかったが、こんなに寂しい場所だっただろうか。

ところでレイアは全く気づいていなかったが、彼女の存在は下町周辺では浮いていた。平民に扮《ふん》しているとはいえ、貴族特有の気品や小綺麗さは隠しようがない。こんな場所に供も付けずに飛び込んできた警戒心の薄い可愛い兎《うさぎ》を、数多《あまた》の狼《おおかみ》が舌なめずりして狙っていた。パーカー侯爵家を狙う賊《ぞく》が現れなくても、他の悪者に襲われるのは時間の問題だろう。自らテリトリーに飛び込んできた獲物を、獰猛な狼たちが逃すはずはないのだ。

だが、運がいいのか悪いのか。レイアは彼女の望み通りに、パーカー侯爵家を狙う賊と遭遇する事ができた。侯爵家を出る時からつけ狙っていた賊は、人の目から外れた一瞬の隙に、彼女を手中にしたのだ。

「あれだけ忠告してやったっていうのに、無防備なお嬢さんだ。忠告を全く本気にしていなかったのかな？」

背後で聞こえた声に振り向こうとした途端、レイアは縄でぐるぐる巻きにされていた。まるで生き物のように不気味に蠢《うごめ》く縄に、あっという間に身体の自由を奪われ、おまけに魔術で反撃しようとしても発現できない。まるで自分の魔力に蓋がされているような感覚だった。知らない魔力で全身を縛られて、レイアは気持ちが悪くて鳥肌を立てた。

何が起こったのか分からないまま、混乱しつつも必死で逃げようと、レイアは身体を捩った。

しかし、魔術を封じられたひ弱な令嬢が、逃れられるはずもない。

縄を操っていたのは、見知らぬ小柄な男だった。陰気な顔つきの、獣のように爛々と目を光らせた男が、嘲るように笑いながら、レイアを締め上げている。

「なんなの、この縄、魔術が……！」

魔力を操ろうにもどうにもできない事に、レイアは焦った。

「貴族のお嬢様が物騒なものを持っているじゃないか。ハハハ。飾りが美しい剣だなぁ。この剣でお嬢さんの耳をそぎ落として、パーカー侯爵家に送りつければ、お嬢様のお父上も我らの要求を呑んでくれるかな」

レイアが隠し持っていた護身用の短剣を奪い、男は笑った。気が強く才女だと言われていても、箱入りのお嬢様だ。こんな悪意にまみれた恐ろしい言葉に慣れているはずがない。助けを呼ぼうにも恐怖で喉に声が張りついてしまったようで、掠れた息しか出てこなかった。

すると、気弱そうな声が響いた。

「パーカー様？　こんなところで、何をなさって……」

レイアと同じく、簡素なワンピースを纏ったエリス・ラースが、訝しげに立っていた。その傍らには、供の者が2人。銀髪の執事と金髪の魔術師だ。魔術師は護衛なのだろう。

「あ、あなた、パーカー様に何を……」

縛られたレイアに気づき、エリスは目を見開いて震え上がった。供の2人が咄嗟にエリスを庇うべく、動いたが。

「に、逃げなさい！」

レイアが掠れた声で警告するも、既に遅く。エリスはレイアと同じように不可思議な縄で縛り上げられ、供の2人も、反撃する間もなく縄に囚われていた。

「きゃあぁぁぁ」

か細い悲鳴を上げるエリス。

「なんだこの縄は！」

「魔力が抑えられている？」

騒ぐ供の2人の口には縄が絡みつき、その声を奪う。警告を発したレイアの口にも、縄が巻きついた。エリスは悲鳴さえ上げる事なくぐったりと気を失い、縛られるままになっていた。

「おやおや。邪魔が入ったかと思ったが、おまけが手に入った。おい、お前たち。こいつらを運べ！」

小柄な男の指示で、大柄な男たちが数人現れ、レイアやエリスたちを担《かつ》ぎ上げた。

こうしてレイアは、奇妙な縄を操る魔術師とその仲間たちに、エリスとその従者ともども、連れ去られてしまったのだった。

◆◇◆◇◆

レイアとエリスたちは、馬車に乗せられ、ある屋敷に連れ込まれた。

屋敷の一室には、縄で縛られた数人の先客がいた。彼らも、レイアたち同様、誘拐されたのだろうか。

屋敷には凶悪そうな男たちが他にもいて、レイアを捕らえた男は、彼らのボス的存在のようだった。ドーグ《死》という禍々しい名で呼ばれていたが、とても本名とは思えなかった。粗暴で屈強な男たちが、文句も言わずに従っており、見た目はそう強そうに見えないが、かなりの実力者なのだろう。奇妙な縄を意のままに操るところを見ると、魔術はかなり使える方ではないだろうか。

捕らえた人質たちを見回したドーグは、その中のレイアと目が合うと、ニヤリと嫌な笑いを浮かべた。

「今回は大漁だ。貴族のご令嬢が2人も。1人は狙っていた大物だが、おまけがついてくるとは僥倖《ぎょうこう》。しかもしかも！」

男は小さな眼鏡をかけて、レイアとエリス、そして従者2人をジロジロと見ると、嬉しそうに顔を歪める。その目は欲で濁っていて、レイアはぞっと背筋が冷える思いがした。

「ご令嬢2人の魔力は、貴族の平均値といったところだが、そっちの従者諸君はなかなかの魔力量。これはいい魔石が作れそうだ」

「魔石……？」

ドーグのおかしな言葉に、レイアは思わず呟いてしまった。それが聞こえたのか、ドーグはにたりと笑う。

「レイア・パーカー嬢。ふふふ。父であるパーカー侯爵と同じで風の魔力に適性あり。魔力量は平均。ウィンドカッターぐらいなら問題なく扱えるといったところか？」

レイアは驚きで心臓を鷲掴《わしづか》みされたような気持ちになった。確かにパーカー侯爵家は、風の魔力に適性がある一族だ。レイアの魔力量も男の言った通りだった。だが、どうしてそれが知られているのか。パーカー侯爵家は、外部には一切適性魔力を公開していない。レイアも魔術を使う時は満遍なく使い、適性魔力が何であるかを世間に漏らさないように注意していた。魔術を使う者は、適性魔力を知られるのを嫌う。弱点を公開するようなものだから。

「パーカー侯爵も頑固な方だ。こちらの忠告通り、法の厳罰化など諦めればよかったのだ。我らに従わないから、娘がこんな酷い目に遭うのだ」

にたりと笑うドーグに、レイアは鳥肌が立つのを止められなかった。だが、気丈にもドーグを睨み返していた。

どんな目に遭おうとも、パーカー侯爵家の一員として、悪に屈するつもりはなかった。父が国の重職に就いている以上、娘として危険な目に遭う事は覚悟していなければいけない。父とて、娘がどんな目に遭おうとも、決して信念を曲げないと信じている。

ただ。ぎゅっと、レイアの心が痛む。

巻き込んでしまったエリスには申し訳ない事をした。このままだと、居合わせただけの彼女も危険な目に遭わせる。パーカー侯爵家の問題に、関係のない者まで巻き込むのは避けたかった。

「我が侯爵家に御用ならば、私が承《うけたまわ》りましょう。無関係な方は解放なさい」

怖気《おじけ》づく心を隠してレイアがそう言うと、男は嘲るように笑った。

「ふふふ。気の強いお嬢さんだ。だが、俺としては獲物が増えるのは大歓迎でね。魔力はいくらあってもいいものだ」

男の真意が読めず、レイアは眉を顰めた。ただ、ドーグはレイアもそれ以外の者も、解放する気がないという事だけは分かる。

レイアはチラリと隣に座るエリスを窺った。ほとんど気を失っているのだろう。エリスは俯いたまま動かなかった。側にいる銀髪の執事と金髪の魔術師も、焦った顔でもぞもぞ身体を動かしているが、レイアと同じく不気味な縄に縛られ、魔力を発現できないようだった。

他の人質たちは、諦めきったような顔で床に横たわり、男をぼんやりと見上げている。レイアたちよりも前に捕らえられ、押し込められていた彼らは、すっかり憔悴《しょうすい》しきっていた。

ほんの少し前まで、この部屋の人質の数はもっと多かった。2、3日に一度、1人、また1人とどこかへ連れていかれ、そしてその日は身の毛もよだつような悲鳴が、屋敷の中に1日中響き渡るのだ。そして、連れていかれた者は二度と帰ってこない。何が起こっているのか、何をされているのか。分からないまま、心身がすり切れるような監禁生活を過ごし、彼らは絶望と疲労ですっかり縮こまっていた。

「ふふ。愚かなお前たちには、俺の言っている意味が分からないだろう。教えてやってもいいぞ」

ドーグは気味の悪い笑い声を上げて、不気味に輝く魔石を懐から取り出した。魔術を使う者として、レイアも魔石を見た事がある。魔獣から取れる魔石は、まるで宝石のように鮮やかな美しい色合いをしているものだ。しかし、男の持っている魔石は、様々な色が混ざり合って黒に近い、不気味な色合いだった。

「美しいだろう。様々な魔力が絡み、混ざり合った色だ」

くすんで濁った色の魔石を掲げ、ドーグはウットリと呟く。その目は狂気に満ちていて、誰の事も見えていないようだった。ただ一心に、恍惚と魔石を眺めるその様子に、レイアは背筋が寒くなった。

「あれが美しいって、どういう審美眼《しんびがん》をしているのかしら」

ボソッと、近くで呆れたような声が聞こえた気がして、レイアは耳を疑った。この状況にそぐわない、なんとも緊張感のない呟きに聞こえたのだ。多分、緊張に晒されているがゆえの空耳《そらみみ》だろうと、レイアは忘れる事にした。

「この魔石1つで、魔獣の魔石の10倍以上の力を持っているのだ。これさえあれば、剣や杖に付与魔術を施す事だって夢じゃない。使用者の能力と関係なしに、攻撃力や魔力を上げる事ができるんだぞ！　この素晴らしい魔石を使った武器があれば、ジラーズ王国はこの世界の覇者《はしゃ》となるだろう！　平和ボケしたロメオ王国など、あっという間に侵略してやるぞ！」

付与魔術は、どの国でも長年研究されている魔術だ。付与魔術の施された剣や杖は、古代遺跡から発見される事があり、それこそ一国が買えるような値段で取引される。付与を再現するには魔石にこめる魔力量が足りず、現在の研究では不可能だと言われている。

「ふふふ。剣や杖に魔力を付与するにはなぁ、膨大な魔力がいるのだ。それこそ、魔獣ならば二百匹は必要になる」

魔獣二百匹分の魔石を揃えるなど、常識で考えれば無理だ。力の弱い魔獣の魔石はほとんど魔力を持たず、役に立たない。強い魔獣が二百匹ともなると、まず、そんな数の魔獣が見つからない。見つかったとしても倒す事ができるのは、騎士団や高位の冒険者パーティーぐらいだろう。

「その点、この魔石はなぁ。人間から搾《しぼ》り取った魔力でできているのだ。この小さな魔石1つに、20人分の魔力がこめられている」

得意げに、ドーグは信じられないような事を言い出した。昔は人間から魔力を搾り取る刑罰が存在したらしいが、搾り取る時に信じられないほどの痛みを伴うため、人道的な問題から、今はどの国にもこの刑罰はない。

魔力量や適性に違いはあれど、どんな人間にも魔力は備わっているものだ。魔力は完全に枯渇すると、二度と戻らない。下手をすると、生命を維持するための魔力すら失われ、命を保つ事が出来なくなる。人の魔力の利用など、禁忌《きんき》だ。誰もが常識として知っている。

目の前にいる魔術師が、レイアは恐ろしくてたまらなかった。ドーグの言う事が本当なら、彼が持っている魔石は人の魔力でできているのだ。しかも20人分。

この男は、人から魔力を搾り取る事に、なんの躊躇《ちゅうちょ》もなかったのだろうか。気がおかしくなるほどの痛みを与え、下手をすれば殺してしまうというのに。

「無能な人間の魔力を、俺が利用してやるんだ。ははは。平民なんぞ、魔力があっても宝の持ち腐れだ。相応しい者の手に宝が渡れば、素晴らしい世界が作れるのだ」

魔石に頬ずりをして、笑うドーグ。人を人と思わないようなその発言に、レイアは気分が悪くなった。

「20人で魔石が1つ……。あの程度の魔力量で20人……？　随分と効率が悪いわね」

またださ。ぼそっと呟かれた言葉に、今度は空耳と思えずレイアは振り返ったが、ぐったりとした人質たちの様子は変わらず、そんな発言をするような人物は見当たらなかった。レイア以外に、その言葉を聞いた者がいる様子もない。極限の状態で、とうとう幻聴が聞こえるようになったのかと、レイアは恐ろしくてたまらなくなった。

「それもこれも、この眼鏡と魔力縄のお陰だ。素晴らしい俺だけの魔道具。これがあれば、俺は誰にも負けない！　この俺が、世界の覇者になるのだ！　まずはロメオ王国を我がジラーズ王国の支配下に置いて、その足掛かりにしてくれるわ」

「まぁ、ふふふふふ」

今度の笑い声は、はっきりと聞こえた。

しかし、レイアの幻聴ではなかったようだ。その証拠に。

「誰だ、今笑った奴は！」

そんな、ドーグの怒声《どせい》が響き渡ったのだ。

◆◇◆◇◆

レイアが誘拐される数日前の事。

ラース侯爵家には、エリフィスの姿があった。不機嫌だったが、ハルは妨害もせずにエリフィスを迎え、大人しくエリスの元に案内する。エリフィスの様子は切羽詰まったもので、緊急を要すると、さすがのハルも察していた。

「我が君。誘拐事件について、新たな事が分かりました」

王都での誘拐事件を別として、誘拐された者たちの出身地や住んでいる場所は、いくつかの領地に限定されていた。偶然とは思えない偏りだった。

「それぞれの領地の領主たちは、派閥もバラバラです。特に交流が深いというわけでもありません。この領地の人間が狙われる理由があるのでしょうか？　例えば、犯人の拠点がこの領地の近くにあるとか……」

だがそれでは、被害の起きている領地に挟まれた地域で、事件が起きていない事の説明がつかない。ここにきて、エリフィスは行き詰まっていた。

「ふん、無能め。ここまで調べたくせに、結局、役に立たないじゃないか」

無表情に罵られ、エリフィスは青筋を浮かべてハルを睨みつける。

「じゃあお前に分かるのか、狂犬執事」

「ぐっ」

2人の諍いに動じず、エリスはエリフィスがまとめた書類に目を通していた。確かに、誘拐された者たちに大した共通項は見当たらなかった。平民である事と、魔力量が多いと推察される事だけ。それ以外は、年齢も性別もバラバラだ。

「ねぇ、エリフィス。これほど多くの誘拐事件が、騒ぎになっていないのよね？」

エリスは書類を読みながら、首を傾げた。

「ええ、特には。被害者には孤児や、身寄りがない者、元罪人も多いですから
心配する者、探す者が少ないため、騒ぎになりにくいのだ。

「そう。元罪人も……」

エリスはジッと考え込む。

「共通点、分かったかもしれないわ」

「え？」

エリスの言葉に、エリフィスは目を丸くした。エリスはほんの少し書類を読んだだけだ。それなのに、共通項が分かるのか？

「今、人身売買禁止法を厳罰化する議論が進んでいるでしょう？　次の貴族会に上程予定のはずだわ。誘拐事件が起きているのは、その反対派の貴族たちの領地ではなくて？」

エリフィスは書類を受け取り、事件の起きている地域を確認した。確かに全てが、反対派として名を連ねる貴族家の領地だった。

人身売買禁止法の厳罰化について、法務省は今、賛成派の貴族たちへ最後の根回しを必死に行っている。これが可決されれば、人身売買を行った者だけでなく、客として奴隷を購入した者、売買に協力した者などが、全て連座で罪を科される事になる。

「それに、貴方が調べてきた元罪人たち、ちょっとおかしくないかしら。なぜこんなに早く釈放されているの？　領地によって罰則は違うとはいえ、これだけの罪を犯していながら、ひと月ほどで釈放されているわ。同じ罪を犯せば、ラース侯爵領なら数年は収監される罪科よ」

「た、確かに」

元罪人たちは、罪の重さにかかわらず、皆、収監されてすぐに釈放されていた。元罪人たちが罰せられた領地の刑罰が軽いなどという話は、聞いた事がない。多少の差はあるかもしれないが、ここまで顕著なのはおかしい。

「領内の罪人の量刑を決めるのは、領主でしょう？　この罪人たちは、罪を軽減してもらえるような、特別な事情があったのかしら」

例えば罪を犯しても、それを上回る功績があれば、刑罰が軽減される事がある。だが、エリフィスが調べた限り、この罪人たちにそんな特別な事情はなかった。

「まさか……。わざと軽い処分にして、解き放ったあとに攫ったのですか？」

「あり得るわよ。罪人を収監しておくのだって、お金がかかるもの。解き放ったあとに攫って売り払えば、経費の削減にも、収入にもなるでしょう」

淡々としたエリスの言葉には、嘲りの響きがあった。そのゾッとするような冷たさに、エリフィスの背が冷える。

「さすがエリス様。見事なご慧眼《けいがん》です。ああ。その美しくも冷たい瞳に、私も全て見透かされたい」

一方のハルは、エリスの冷たい眼差しに頬を紅潮させ、身悶えていた。はぁはぁと息も荒くなり、別の意味でエリフィスは寒気を感じた。

「発言と態度が気持ち悪いわ、ハル」

「エリス様への愛が溢れて、止められそうにありません。お気になさらないでください」

止めるつもりもなさそうな専属執事に、エリスから溜息が漏れる。

「エリフィス、ハル。この領主たちの屋敷を探っていらっしゃい。何か出てくるかもしれないわ」

エリスの命に、エリフィスとハルは即座に従った。一流の魔術師であるエリフィスと、狂犬であるハルにとって、隠密魔術や探索魔術はお手のものである。そしてエリスの忠実な僕である2人にとって、主の命は絶対。貴族家の屋敷に忍び込むなど、死罪相当の罪ではあるが、そこに躊躇いなど全くなかった。

数時間後、転移魔術を駆使して全ての領地の領主宅に忍び込んだエリフィスとハルは、ほくほく顔で土産《みやげ》を持ち帰った。

「我が君。さすがです。全ての領主宅から、証拠の品が出ました。全部盗んで参りました」

「誘拐の実行犯の組織も分かりましたよ！」

エリスの予想した通りだった。領主たちの屋敷には、領主自らが身寄りのない領民や罪人を売り飛ばしていた証拠や、裏で人身売買組織と取引をしていた証拠がたんまり隠されていた。

「ドーグ・バレ《死をもたらすもの》？　……まぁ、ホホホ。怖くてっ、ふふ、素敵な組織名ね」

まるで子どもがごっこ遊びで付ける悪の組織のような名前に、エリスは笑いを漏らす。組織名を調べたエリフィスは、まるで自分が笑われているように感じて、顔が赤くなった。

「それから、もう1つ、ご報告が」

エリフィスは表情を改め、その場に跪いた。じっとエリスを見つめ、静かに告げる。

「ドーグ・バレの首領が、我が君がお探しのものを所持しておりました」

エリフィスはそれを確認した時、必死に理性を掻き集めて、その場に留まった。

拠点には男の他にも仲間がおり、攫われたのであろう、数人の被害者がいた。疲れきり、気力もなく座り込んでいた被害者たちの姿が、無力だった頃の自分と弟に重なった。

もしもあの場でエリフィスが犯人の男と対面したら、間違いなく激情のまま、男を殺してしまっただろう。事件を完全に解明するためにも、関係者は生かしておいた方がいいと判断して、なんとか止まった。

エリフィスのその言葉に、エリスはわずかに目を見開く。

「……そう」

監視魔術だけを掛けて、自分の元に戻ったエリフィスに、エリスは哀惜《あいせき》のこもった視線を向けた。エリフィスがどんな思いでその場に留まったのか、痛いほど分かった。

「よく我慢できたわね」

頭を撫でられ、エリフィスはやり場のない罪悪感に駆られた。

エリスは知らないのだ。エリフィスがどれほど利己的で、身勝手な理由で動いているかを。

エリフィスの動機は、弟の仇《かたき》を取りたいとか、そんな美しい理由ではない。ただ自己満足のために、動いているに過ぎないのだ。

「魔道具を持っているという事は、やはり、あの時の事件の関係者だったようね。それじゃあ、わたくしのものは、返してもらわなくてわね」

そうだ。エリスの言葉に、エリフィスは暗いもの思いから覚めた。

自分の事など、どうでもいい。やっと、ここまで来たのだから。

エリフィスとハルがここまで調べ上げるのにかけた時間は、わずか数日。取っ掛かりを見つけると、10年も進展がなかったのが嘘のように、事件は解決に向かっている。

あと少しで。あともう少しで、エリフィスの願いは叶う。それまでは、気を抜くわけにはいかない。

「我が君……。こちらをご覧ください」

エリフィスは気を引き締め、ドーグ・バレから持ち出した証拠をエリスに示した。

「まぁ……。以前は魔力量の多い者を攫って、貴族に売りつけていただけだったけど。今回はさらに非道な事をしているのね？　これは随分前に各国で禁止された、人間から魔力を取り出す禁呪の道具ではなくて？」

見覚えのある器具に、エリスの嫌悪感がつのった。こんな前時代的な器具を使うなんて。なんて効率の悪い事をするのか。

「あらまぁ。それに、随分と立派な黒幕がいるのね。こんな悪事に関わっているのが世間に知られたら、この方、お立場が悪くなるのではないかしら？　でもこれは……。勝手に動いたら怒られてしまうわ。捕物には、陛下の許可をいただかなくては」

「……全てご説明なさるのですか？」

唇を尖らせ、不満そうなエリフィスに、エリスは笑って首を振った。

「うふふ。もちろん、悪い子を捕まえてから、陛下に全てご説明するわ。先にいただくのは捕縛の許可だけよ。面倒だもの」

「それがよろしいかと」

黒幕が大物だけに、全てを報告して、手を出すな、などと国王から言われては困る。あの国王は意外に小心者なのだ。

「邪魔をするなら、私が黙らせます」

「ハル、王族に無茶な事をしては駄目よ？　一応、まだ、存在しておいてもらわないと、国が荒れて面倒なの」

殺《や》る気満々のハルに、エリスは釘を刺す。「証拠など何も残しませんよ？」と、ハルは不満そうだが、エリスは決して許可しなかった。

「それから、我が君。こちらは、どう致しましょうか……」

エリフィスが困惑気味に示した書類。それは、ドーグ・バレから盗み出したものだ。エリスのクラスメイトであるレイア・パーカーの家について、入念に調べ上げた調査書だった。ドーグ・バレは、動物の血液を擦りつけた脅迫状を送る嫌がらせまでしているようだ。

「法案を潰すために、法務大臣を脅す目的かしら？　よっぽど厳罰化が困るようね」

あの謹厳実直で忠義者の法務大臣が、脅されたぐらいで折れるとは思えなかったが。法案が通ると自分の立場が危うい黒幕と、連座制を恐れる貴族家から、嫌がらせをするように命じられたのだろうか。犯罪組織も意外に大変なのだなとエリスは同情した。

「念のため、パーカー侯爵家にも見張りを付けましょうか。手紙の嫌がらせだけとは限らないでしょう。侯爵家に忍び込むほど愚かではないと思うのだけど」

エリスは悩みながら、そう言った。別に助ける義理はないのだが、レイアとの一件はパーカー侯爵に心労を与えてしまったし、ちょっとしたお詫びのつもりだった。

「仰《おお》せのままに、我が君」

エリフィスの姿が消え、パーカー侯爵家に監視魔術が施された。現職の法務大臣を襲うほどドーグ・バレも愚かではないだろうと思うので、念のためにとった処置だった。しかし。

監視を続けていると、侯爵家でパーカー侯爵とレイア嬢が揉めた。翌朝、レイアが無謀にも家を抜け出した事を知り、エリスはあとを追いかけた。

どうせならドーグ・バレを一網打尽《いちもうだじん》にするつもりで、ハルとエリフィスを供にする。念のため、下町で違和感がないように簡素なワンピースを身に着け、魔法省の副長官であるエリフィスを敵が知っている可能性を考えて、幻影魔法でエリフィスを金髪に変え、令嬢の護衛のように装った。

しかし、レイアがあっさりと敵の手に落ちてしまい、彼女とちょうど行き会わせたふりをして、仕方なくエリスたちも一緒に捕まったのだが。

「あら？　レイア様、あっさり捕まってしまったわ。凄く怯えているわね。あんなに勇ましく悪を滅するのだと仰っていたのに。わたくし、陰ながら捕縛のお手伝いをしようと思っていたのよ？」

戸惑うエリスに、エリフィスはコソッと囁いた。

「我が君。普通のご令嬢に、悪を滅するほどの力はございませんよ。本気でそのようにお考えになっていたのですか？」

「だって。監視魔術で見たけど、レイア様、もの凄くやる気に満ち溢れていたのよ。応援してあげたくなるじゃない」

「……」

優秀な主人なのだが、普通のご令嬢をやはり掴みきれていないようだと、エリフィスは深い溜息を吐くのだった。

ドーグの神経を逆撫でする笑い声は、弱々しく俯いていたはずの令嬢から上がったものだった。ドーグが睨みつけると、令嬢は肩を竦め、笑いを止めた。

「申し訳ないわ。お話を遮ってしまうなんて、無作法《ぶさほう》でしたわね」

場の雰囲気に全くそぐわない、堂々としたエリスの様子に、ドーグもレイアも、彼女は恐怖でおかしくなってしまったのだと思った。攫われ、囚われるなど、乳母日傘《おんばひがさ》で育ったご令嬢には耐えられない状況だろう。ドーグにとって、魔力を絞り取るのに支障がなければ、正気であろうがなかろうが、どうでもいい事だ。

それに、と、ドーグは笑みを深めた。魔力を搾り取ったあとの令嬢には、まだ使い道がある。貴族の令嬢は富裕層の平民に人気があって、高く取引される。通常なら決して手の届かない高貴な身分は、いつの時代も平民には憧れの存在なのだ。多少おかしくなっていても、高値がつくのは間違いない。それが今回は2人もいるのだ。もちろんドーグは、パーカー侯爵家を脅すためにレイアを利用するつもりだが、パーカー侯爵がドーグの要求を呑んだとしても、レイアを無事に返すつもりはなかった。

◆◇◆◇◆

これまでに集めた獲物たちも、小綺麗な者は魔力を搾り取ったあと、娼館に売るなどして再利用してきた。それがドーグ・バレの資金源の一つになっていた。

今回捕らえた令嬢の従者たちは、稀に見る魔力の高さばかりか、見目も大変麗しかった。銀髪の執事は切れ長の瞳の、涼やかな美貌で、金髪の魔術師は、野性味の漂う美丈夫だ。若い男を侍らすのが好きな金持ちや、そっちの趣味の者に売れれば、いい値で売れるだろう。

「なぁに、構いませんよ、お嬢様。慣れぬ環境に気分が昂《たかぶ》っているのでしょう。長い話で疲れさせてしまいましたね。温かい飲み物でも召し上がれば、落ち着かれるでしょう」

ドーグはもうすぐ手に入るであろう大金に気をよくして、ことさら優しい声音で、エリスに微笑みかけた。だが、その残忍さが滲む笑みに、人質たちは安堵するどころか恐怖を煽られた。どれほど丁寧に扱われても、先ほどドーグが語った事が自分たちの未来なのだと、実感せずにはいられなかった。

「まぁ、折角のお誘いですけど……。ご辞退申し上げますわね？」

縛られたまま、エリスは音もなくふわりと立ち上がる。その細い肢体《したい》には痛々しいまでに太い縄が絡みついていたが、それが気にならないほど、優雅な動きだった。

「ラース様！　おやめなさい！　彼を刺激してはダメよっ！」

レイアは必死にエリスを止める。今は穏やかな様子だが、ドーグの気に障るような事をすれば、酷い目に遭わされるかもしれない。

「お願いよ、ラース様。さぁ、元の場所に座って？　大丈夫よ、私が側にいるわ」

エリス・ラースは、レイアにとってただのクラスメイトだ。どちらかといえば、女だからと甘やかされた、レイアの嫌いなタイプの令嬢だ。レイアが助ける義理などない。だが、彼女たちはレイアに巻き込まれて攫われたのだ。

あの男は、法務大臣である父を脅すために、レイアを攫ったのだ。自分が父の言いつけに逆らい、軽はずみな行動を取ったせいで、偶然にも巻き込んでしまったエリスたちを危険に晒している。その事に、レイアは深く責任を感じていた。ドーグたちが恐ろしかったが、それ以上にエリスたちを守らなくてはと必死だった。

今は大人しく彼らに従い、助けが来るのを待つのが最善の策だ。それまでは、男たちをできるだけ刺激せずに時間を稼ぎたい。レイアは必死でエリスに声をかけた。彼女を、絶対に守らなくては。

「おお、お優しいですねぇ。よかったねぇ、ご令嬢。お友だちが側にいてくれるそうですよ。お喋りでも楽しんだらいい」

バカにするような口調で、ドーグはレイアとエリスを見比べる。レイアがそっとエリスの手を取り、引き寄せるが、エリスは首を振ってレイアをやんわりと押し戻す。

レイアはそのエリスの様子に、ほんの少し違和感を持った。エリスの態度は、恐怖で混乱しているようにはとても見えなかった。学園で接する時と同じように、穏やかで、控えめで。それでいて、レイアを見返す瞳は力強く、そしてなんだか、嬉しそうだった。

「ちっ！　さっさと座れ！　目障りだ！」

動かないエリスに焦《じ》れ、ドーグが手を振りかざす。頬の一つでも張り飛ばせば、他の人質と同じように大人しくなるだろうと思って。

だが、その手は、エリスに届く事はなかった。

「誰がエリス様に触れていいと言った」

ゆらりと立ち上がったハルが、ドーグの前に立ちはだかる。その美貌が怒りで染まっている。

「お前のような薄汚いゴミが、触れていいお方ではない」

エリフィスも同じく立ち上がる。エリスとレイアを背に庇い、翠《みどり》の瞳がドーグを睨みつけた。

「ゴミ、だと？」

ドーグの顔が醜く歪む。自分より背の高いハルとエリフィスに見下ろされ、身長に密かにコンプレックスを持っていたドーグは、屈辱を感じた。

縛られたままの情けない姿のくせに、こいつらは自分の立場が分かっていないのだ。魔力縄にドーグが魔力を流せば、あっという間にこいつらの命は刈り取られるというのに。たかが執事と、護衛まがいの魔術師が、勝てるはずがないのに。それなのに、姫を守る騎士気取りでドーグを見下ろして、ゴミ呼ばわりするなど、なんと身のほど知らずなのか。

「身動きも取れないくせに、よくもそんな事が言えたものだな」

ドーグは唇を歪めて、醜悪な表情を浮かべた。

こいつらを、絶対に簡単には殺してやるものか。こいつらの一番苦しむ事をしてやらねば。

その時ドーグの目に、エリスの姿が映った。こんな荒事《あらごと》には似合わない、高貴な貴族のご令嬢。こいつらが大事に大事に守る、宝物だ。こいつらにとって自分が害されるよりも、このご令嬢を傷つけられる方が、よっぽど堪《こた》えるだろう。それならば。

ドーグはエリスを縛る縄に魔力をこめた。ギリリと軋《きし》む音がするほど、縄はエリスの身体を巻き締める。

「お前たちの大事なお嬢様を、目の前で嬲《なぶ》り殺しにしてやろうか？」

優秀な執事と魔術師は、エリスを絞め殺さんばかりに食いこむ魔力縄に、すぐに気づいた。

ごそっと、ハルの顔から表情が抜け落ちる。

ハルの頭の中で、瞬時に百通り以上の拷問《ごうもん》方法が浮かぶ。

どれにするか、全部試すか、回復しながらなら全部できるか、どれからやるか、そうだ野良魔術師用に開発した魔術陣があったな、原子レベルで分解して再生してみるか。

エリフィスも同じように表情をそぎ落とす。

こちらは、百通りには到底届かなかったが、一つ一つが洗練された、非常にエグい拷問方法を20ほど思いついていた。

どれも試して、全てデータに残して、今後の役に立ててやろう、途中で死なないように痛みは残したまま回復させてやろう、こんなゴミでも国の役に立てるのだ、ゴミには光栄だろう。

2人とも怒りで暴発しそうな魔力を抑えながら、頭だけはクリアで、ドーグをさっさと八つ裂きにしようと、一歩、踏み出しかけた。

「ハル、エリフィス」

涼やかなエリスの声が、2人の耳朶を撃つ。反射的に、グリンと音を立てそうなほどの勢いで、2人は振り返った。

エリスはギリギリと縄に巻き締められていながら、全く苦しくなさそうに、呆れた顔をしていた。聞き分けのない子どもに言い聞かすように、優しく囁く。

「今はわたくしが、この方と話しているのよ?」

甘やかな叱責に、ハルとエリフィスの物騒な思考はリセットされる。2人揃って頬をだらしなく緩め、一礼して下がった。

果たしてドーグは、ギリギリと縛られたままのエリスと真正面で対峙する事になった。

「ふふふ。ごめんなさいね。この子たちは、わたくしの事になると、我慢が利かなくて」

エリスのこの態度と言葉に、ドーグはチリリと刺すような違和感を持った。これほどの力で巻き締めているというのに、エリスはちっとも苦しそうではなかった。息をするのも苦しいはずなのに。

違和感の理由は、それだけではない。彼はこれまで、無理やり攫ってきた者たちがおかしくなるのを見てきた。極限まで追いつめられた結果、壁に頭をぶつけ始める者もいた。服を脱いで暴れ、けたたましい奇声を上げた者も。この令嬢以上に乱れ、醜態を晒した者も。

だが、この令嬢はおかしくなった者たちと、どこか違う。追いつめられた者たちと、何かが、決定的に。一体、何が。

「嬉しいわ。その魔道具をそんなに褒めていただいて」

エリスは優雅に首を傾げた。サラリと栗色の髪が流れる。

「でも気に入らないわ。わたくしの作ったものが、わたくしの知らないところで、誰かの未来を奪ったり、傷つけたり、命を奪ったりしているなんて」

エリスを見ているうちに、ドーグは気づいた。

ああ、そうか。この女からは、感じられないのだ。

これまで捕らえた者たちは、ドーグに圧倒的な優越感と、支配感をもたらしてくれた。

彼らは皆、閉ざされた未来に絶望し、屈辱にまみれ、そして。

圧倒的な恐怖で、ドーグに従順な下僕に成り下がっていたというのに。

「だって、そうでしょう？」

無邪気に笑って、それでも瞳は冷えたまま、エリスは囁く。

「誰かを害するのも、傷つけるのも、殺すのも。わたくしがそう認めた時でないと、許せないもの」

この女からは、絶望も屈辱も恐怖も感じられないのだ。

ぞわりと背筋が冷えたが、ドーグは首を振って、その違和感をかなぐり捨てた。こんな馬鹿な予感が、当てになどなるものか。

目の前にいるのは、無力な小娘だ。ドーグが負ける可能性など、万に一つもない。

それが決定的な間違いである事を、不幸にもこの時のドーグは気づいていなかった。

「だから返してくださるわね？　この魔力縄も魔力を測る眼鏡も。元はわたくしの作ったものですもの」

「お前が、作った、だと？」

ドーグ・バレがここまで大きな組織となったのは、全てこの魔力縄と眼鏡のお陰だ。ドーグの意のままに動き、相手の魔力を封じて簡単に無力化できる魔力縄は、魔力量が多いドーグには打ってつけの魔道具だ。たとえ国の騎士団が相手だろうと、ドーグの力なら魔力縄で全員を縛り上げ、絶命させられる。眼鏡は、魔力の多い者を攫うのに役立ち、戦いにおいても相手の魔力量や弱点を知る事ができる。実際に、この魔道具を手に入れてからのドーグは、どんな相手にも負け知らずだった。

魔道具を手に入れたのは偶然だった。ドーグがまだ、ドーグ・バレの下っ端として働いていた時、たまに組んでいた魔術師が手に入れたものだった。その魔術師は悪事がバレ、騎士団に捕まって処刑されたが、奴が捕まる前に魔道具の一部はドーグの手に渡っていた。これが恐ろしく役に立つ魔道具だったのだ。

もう10年以上も前の話だ。その頃、この令嬢は、まだ、ほんの子どもだろう。子どもがこれほど素晴らしい魔道具を作れるはずがない。

再び、ドーグはちりりとした違和感を持つ。

あの時、あの魔術師は魔道具をどこで手に入れたと言っていた？

奴は確か、こう言っていた。どこぞの貴族家から手に入れたと。

いや、正確には、貴族のガキのオモチャを騙し取ってやったのだと、笑っていたのだ。それが、とてつもなく価値のある魔道具だったと、喜んでいたのだ。

10年前。ガキから騙し取ったオモチャ。貴族家の、ガキ。

嫌な予感が、ドーグの中に降り積もっていく。それを無視する事が難しいぐらい。ぞわぞわと高まる違和感の中、ドーグは必死に、目の前の令嬢と対峙していた。

「……お恥ずかしいのだけど。幼い頃のわたくしは、今ほど魔力の扱いに慣れていませんでしたの。他の人の魔力も、上手く測れなくて」

ほうっと恥ずかしげに溜息を吐くエリス。

その色気を含んだ吐息に、悶える執事と見惚れる魔術師がいたが、誰も気に留めなかった。

「だから、自分の手足になるように、魔力を可視化できるようにと、その魔力縄と眼鏡を作ったのよ」

ふふふ、とエリスは小首を傾げる。

「いわば、子どもの補助具みたいな魔道具なのだけど……。そんなに大袈裟に褒め称えていただけると、なんだか恥ずかしいわね」

言葉の端々に嘲りを感じ、ドーグは怒りで頭が熱くなった。先ほどから感じていた違和感など吹き飛ぶほどの怒りだった。己の強さの源《みなもと》であり、組織の中でドーグの地位を上げてくれたこの素晴らしい魔道具を、子どもの補助具などと侮辱《ぶじょく》された。ドーグ自身が侮られたようで、許せるはずもなかった。

「っこの小娘が、デタラメを並べやがって！　何が子どもの補助具だ！　これは素晴らしい魔道具なんだ！　その証拠に、偉そうな口を利きながら、お前は魔力を縛られて為す術もないじゃないか！　そんな状態で、よくも、よくもこの俺を馬鹿にしてくれたな！」

怒りで口から唾《つば》を飛ばしながら、ドーグは顔を歪めた。

「決めたぞ！　お前ら全員、魔力を搾り取ったあとは、切り刻んで殺してやる！」

ドーグの怒鳴り声に、人質たちから声にならない悲鳴が上がる。レイアも恐怖のあまり、身体が震えるのを止められなかった。

売って金にしてやろうかと思ったが、そんな甘い事で許してやるものか。ここにいる全員を思いつく限りの残虐な方法で殺してやろうと、ドーグは心に決めた。そうすれば、人質たちの憎悪は間違いなく小娘に向くだろう。そんな中、人質たちの真ん中に小娘を放置したらどうなるだろうか。怒り狂った人質たちから「お前のせいでこんな目に」と恨まれ、怒りをぶつけられ、報復されるだろう。高貴なご令嬢なら間違いなく死を選びたくなるような、そんな目に遭えばいいのだ。

魔力縄にこめる魔力をジワジワと増やしながら、ドーグは愉悦《ゆえつ》の表情を浮かべた。まずは小娘の身体中の骨を折ってやろう。身動きもできないまま、他の人質たちに嬲られればいい。死にたいと泣いて懇願するまで、苦痛を味わわせてやろう。

だがそんなドーグの目論見は、呆気なく、潰《つい》えてしまう。

容赦なく締め上げても、エリスはケロリとした顔をしている。魔力縄は相変わらずギリギリとエリスの身体を巻き締めているのに、ちっとも苦しそうではない。

それになぜか、ドーグの魔力がいつものように魔力縄に伝わらない。内部から押し返されるような感触までする。

「な、なぜだ。なぜそんな、平気な顔をしている。苦しいだろう？　まともに呼吸だってできないはずだ！」

「まぁ。ほほほ」

懸命に魔力を押し流そうとするドーグに、エリスは軽やかな声で笑った。

「殿方にはご理解していただくのは難しいと思いますけど。淑女ならばこれぐらいの締めつけは、淑女の秘密《コルセット》で慣れておりましてよ」

その言葉と同時に、エリスの身体に巻きついていた魔力縄は、力を失ったようにパラリと地面に落ちた。背後に控えるハルとエリフィスを縛っていた魔力縄に至っては、炎に包まれて跡形もなく燃え尽きた。

「なっ？」

ドーグは目の前の光景が信じられなかった。いつだって自分の意のままに動く魔力縄が、あ

っさりと無効化された。ジラーズ王国で最強と恐れられた魔術師団長だって、簡単に亡き者にした魔力縄が。こんな事は、ドーグが魔力縄を手に入れてから一度だってなかった。

「やっぱり、昔作った魔術陣は欠陥だらけだわ。ちょっと魔力を押し返しただけで無効化するなんて。こんなものが未だに残っていたなんて、恥ずかしいわ」

子どもの頃の拙《つたな》い作品を人目に晒していたようで、エリスは恥ずかしそうに頬を染める。

「エリス様の作られた魔術陣に欠陥などございません！　5歳という幼さでこの完成度……！　なんと美しいのでしょうか。魔術陣が耐えきれなかったのは、この男の魔力の質がよくなかったせいでしょう」

エリフィスが身体をほぐしながら、不快そうに吐き捨てる。魔力縄に縛られている間はドーグの魔力が纏わりつき、毒虫が身体中を這っているような気分になった。折角の美しい魔術陣を、おぞましい魔力に染めやがってと、殺意すら湧いていた。

「その点、現在ラース家の懲罰房で使用している魔力縄の、なんと素晴らしい事か！　魔術陣の美しさは言うまでもなく、エリス様の煌めく魔力がふんだんにこめられ、縛られるたびに全身がエリス様の魔力に包まれて、至福の極みです。ああ、永遠に縛られていたいっ！」

己の身体を抱き締めて激しく身悶えるハルに、エリスは冷たく呟く。

「発言が気持ち悪いわ、ハル」

「これは失礼致しました。つい欲望が理性を振りきってしまいました」

エリスの冷たい言葉に悦《よろこ》びを感じながらも、ハルはシュッと姿勢を正して無表情に戻る。それを水場に生えたカビを見るような目で、エリフィスが眺めている。

「いつもの事だから、気にしていないわ」

でも今は取り込み中だから控えてね、と優しく言われ、ハルは頬を染めてコクコクと頷く。

「まあでも、使えない事はないわね」

その言葉と共に、魔力縄が虹色の光に包まれた。ドーグの魔力で染まっていたはずの魔力縄は、あっという間にエリスの圧倒的な魔力に書き換えられる。ついでに綻びかけていた魔術陣を構成し直し、より複雑な形に練り上げた。

他の人質たちを縛っていた魔力縄も、同様に魔力が書き換えられた。ドーグの魔力が排除され、エリスの支配下に置かれた魔力縄は、人質たちの身体から滑り落ち、一斉にドーグに襲いかかった。

「うわぇ、ぐえぇ」

ぎりぎりとドーグの身体に魔力縄が巻きつき、締め上げる。顔だろうが身体だろうがお構いなしに巻きついて、かろうじて目と鼻の部分のみを残して、ドーグはあっという間に簀《す》巻《ま》きにされてしまった。骨が軋むほど締め上げられ、肺から空気が無理やり押し出される。

「加減が難しいわねぇ……」

色々と魔力に強弱をつけて試していたエリスが、つまらなそうに呟いた途端、縄は限界を超え、塵《ちり》になって崩れ去った。新しい魔術陣をギラギラした目で見ていたエリフィスから、「ああっ！」と悲痛な声が上がる。エリスも壊そうとは思っていなかったのだが、質の悪い魔力に長年染まっていたせいか、素材自体が保たなかったのだ。

突然、締め上げから解放され、ドーグは激しく咳き込みながらその場に膝をついた。だが、安堵する間もなく。

「ぎぃっ」

ドーグの身体は、目には見えないが魔力の塊そのものに、四方八方から押し潰された。息もできぬほどの圧に、悲鳴すら短く途切れた。

「やっぱり、子どもの補助具を使うより、直接魔力を操った方がいいわね！」

楽しげにエリスは魔力を操る。そもそも、エリスの言った通り、魔力縄も眼鏡も、幼い頃のエリスが魔力の扱いに慣れておらず、それを補うために作った補助具なのだ。今では補助具なしで意のままに魔力を操れる。

興が乗ったエリスは、澄ました教師のような顔で、ドーグに語りかける。

「先ほど力任せにわたくしを締め上げていらっしゃったけど。ご存じないようなので、教えて差し上げるわね？　淑女の秘密《コルセット》をより細く絞るコツは、呼吸ですわ。まずは浅く呼吸をして」

エリスが優しくドーグを促す。呼吸がままならぬほど締め上げられていたドーグは、ほんの少しだけ締めつけが緩んだ隙に、浅く呼吸を繰り返す。エリスの言葉に従ったわけではない。深く呼吸できるほどには、圧迫が緩んでいないのだ。

「……そして一気に締め上げる！」

一瞬で、先ほどの倍以上の負荷がかかる。肺の中の空気が一気に押し出され、ドーグは限界を迎えた。白目を剥いて泡を吐き、意識を刈り取られる。

「こうして細く美しいウエストラインが作られますのよ」

エリスの言葉に、美を保つ淑女の努力は尊いものだとハルは感動し、拍手をした。その隣で、こんな知識を男が知って何か役立つだろうかと、エリフィスは割と真面目に考えた。何も思いつかなかったが。

やがてドーグの身体から、およそ人体から発せられてはいけない音が聞こえ始めた頃、ハルがふと思い出したように口を開く。

「ああ、そういえばエリス様。犯人は生かして捕らえるようにと、陛下が仰せではございませんでしたか？」

ハルに言われて、エリスはその事をようやく思い出した。確かに、国王に捕縛の許可をもらった際、そんな事を言われていた。

「あら、そういえばそうだったわね。すっかり忘れていたわ」

エリスはドーグに流していた魔力を止め、様子を窺った。白目を向いてぴくぴくと痙攣しているが、まだ息はあるようだ。

「よかったわ。ギリギリ生きているわ。ハル、回復させておいてね」

「そのままでよろしいのでは？」

回復する価値などないだろうと、ハルは怪訝な顔をするが、エリスは首を振る。

「運んでいるうちに息が絶えたら困るもの。ね、ハル？」

面倒でも王命だ。逆らうのは得策ではない。

「では、痛みは消えないように、死なない程度でよろしいでしょう」

エリスを侮辱された事を根に持つハルは、不満ではあったが、生命活動の維持に最低限必要な程度の回復魔術をドーグに掛けた。淡い光に包まれ、今にも息が絶えそうだったドーグの呼吸が安定する。

その時、バタバタと複数の足音が聞こえた。ドカンと何かを打ち破るような音と共に、剣戟《けんげき》の音と怒鳴り声が聞こえる。

「あら。騎士団が到着したようね」

「おっと、急ぎませんと」

色々な液体を色々な場所から出したドーグに、ちょっと嫌そうな顔をしながら、エリフィスはドーグを魔力で乱暴に浮かせた。眩《まばゆ》い光に包まれたと思うと、ドーグの姿はふっつりと消える。

「レイア様。お手をどうぞ」

エリスが笑顔で人質たちの元に近づいてきて、レイアに向かって手を差し出す。他の人質たちと同様に、事態が飲み込めずぽかんとしていたレイアだったが、エリスの差し出した手に、反射的に縋りついていた。

情報が多すぎて頭がついていかない。だが、圧倒的な恐怖の対象だったドーグをあっさりと排除したエリスに、逆らってはいけないと本能的に悟ったのだ。

夢を見ているような気持ちで握った手は、華奢で温かかった。それが、目の前で起こった出来事が現実のものであると物語っていた。

エリスのその行動に、ハルとエリフィスは嫉妬の混じった厳しい目をレイアに向けたが、そんな視線に気づく余裕は、レイアにはなかった。

「他の皆様はこちらでお待ちくださいね。ああ、わたくしたちの事は、お忘れになるとよろしいわ」

ふっと妖艶な笑みを浮かべたエリスから、複数の魔術陣が飛び出し、人質たちを覆う。それに触れた途端、人質たちは夢を見ているような茫洋《ぼうよう》とした顔つきになり、全員が静かに崩れ落ちた。記憶が混濁する魔術を掛けられたのだ。

「な、何を……」

倒れ伏す人質たちに動揺したレイアが問えば、エリスは可愛らしく小首を傾げる。

「大丈夫。ちょっとお休みになっているだけですわ。レイア様がご心配になるような事は、何もありません」

先ほどのドーグへの所業を見たあとでは、その言葉を素直に信じるのは難しかったが、眠っているらしい人質たちの顔は穏やかだった。戸惑いながらも、レイアはエリスに頷いた。

「レイア様。わたくしがいいと言うまで、目を閉じていてくださいな」

しっかりと手を握られたままエリスにそう言われ、レイアはきつく目を閉じた。エリスの言葉に疑問を持つ事も、逆らう事も、しようと思わなかった。

目を瞑《つむ》っていても、瞼を通して感じられるぐらい暴力的な光の洪水を浴びた瞬間。

レイアは身体が浮遊するような感覚に襲われ、何も分からなくなった。

◆◇◆◇◆

レイアがいなくなってから数時間。王宮に呼び出されていたパーカー侯爵家の者たちは、死人のような顔で、王と王太子に向き合っていた。こんな態度では不敬と言われても仕方がないが、安否《あんぴ》の分からぬレイアの事を思うと、取り繕う気力はなかった。

侯爵は難しい顔をしながらも、さすがにしゃんと立っていたが、夫人はソファに身を沈め、ぐったりと伏している。嫡男のカイトは部屋の中をぐるぐると歩き回り、時折ドアを睨んでは飛び出していきそうになるのを堪えている。本心では、今すぐにでも行方不明の妹を探しに行きたいのだろう。不安な気持ちを持て余しながらも、国王の命で仕方なく、王宮で待機していた。

「父上。本当に、待っているだけでよろしいのでしょうか」

王太子のブレインが父王にそっと囁くが、国王は緩やかにうんと頷いた。そのなんの心配もなさそうな態度を、ブレインは不思議に思った。

今回のレイア嬢誘拐事件は、王が望む人身売買禁止法の厳罰化に反対する輩の仕業とされている。国王の意に逆らうなど、それこそ国を揺るがす大事であるはずなのに、父は悠然と構えるだけだ。いつもなら自ら騎士団を指揮して、賊を捕らえるために全力を傾けるであろうに。何か理由があるのかと、ブレインが首を傾げていると。

「自ら猟犬になると手を挙げたのは、『紋章の家』の次期当主よ」

こそっと囁き返され、ブレインの心臓は大きく跳ねた。父の不意打ちに、取り繕えなくて顔を赤らめたが、納得もした。

「では。なんの心配もないですね」

学友でもあるレイアの身を心配していたブレインは、一気に心が軽くなった。彼女が関わっているのなら、確かに、なんの心配もないのだろう。

今は学園ですれ違うぐらいしか会う機会はないが、それでも姿を見れば目で追ってしまうほど、ブレインの心にはまだ彼女が鮮やかに息づいている。未来の王としてきっぱりと諦めた想いではあるが、そこは年頃の男の子だ。未練がないわけもなく。側近のライトやマックスも、彼女とすれ違うたびに顔を赤らめて、狼狽えているのがバレないように必死で取り繕っているのだ。

そんな事を考えているブレインの眼前に、眩しい光が瞬く。馴染みのある魔力を感じ、知らずに胸が高鳴った。

突然の事に、パーカー侯爵家の者たちから驚きの声が上がる。溢れる光に視界が潰れ、夫人からはか細い悲鳴が上がった。

「御前、失礼致しますわ」

軽やかな、女性の声。

外歩き用の軽い装いだが、身体にフィットしたそのワンピースは彼女によく似合っている。茶色の髪をいつもより複雑な形に編み込んでいて、学園で見るのとは違う印象にブレインは新鮮さを感じた。背後には怜悧《れいり》な美貌の執事、ハル・イジーと、なぜか金髪の魔法省副長官、エリフィスを従えて、さながら女王のような威厳を備えていた。

その堂々とした姿を見て、ブレインの胸にギュッと痛みが走る。

ああ、彼女が隣に立ってくれたなら。どれほど我が国に繁栄をもたらしてくれるだろうか。眩しいような思いでエリスを見つめるブレインだったが、ついぞ、その視線が絡む事はない。

エリスに手を引かれたレイア・パーカー嬢が、狼狽えたように辺りを見回す。やや乱れた髪以外はどこにも怪我はなさそうで、ブレインはホッと息を吐いた。いつもは勝ち気な彼女も、王と王太子の目の前に突然現れた事に、顔を青くして動揺していた。

いや、動揺は、国王と王太子の存在のせいだけではないだろう。多分、色々あったんだろうなと、ブレインは己の体験を顧みて、激しくレイアに同情した。

「……レイア？」

パーカー侯爵が、信じられないといった様子で、突然目の前に現れた娘の姿に、目を見開いている。兄のカイトも、目を真ん丸にして驚いていた。

「お父様！　お兄様！」

家族の姿を認めて、レイアの顔がくしゃりと歪んだ。娘に駆け寄ったパーカー侯爵は、その腕に娘を抱き寄せる。

「ああ。レイア。無事でよかった、レイア！」

娘を抱き締める侯爵の声は、嗚咽《おえつ》を堪えるようにくぐもっていた。その目から涙がこぼれ落ちる。

「レイア！　このバカ！　じゃじゃ馬め！」

目を真っ赤にしたカイトに叱られ、レイアは泣きじゃくりながら「ごめんなさい」と繰り返している。夫人は涙を流しながら声を上げ、レイアに抱きついた。

「レイア、レイア、あなた、よく無事で……」

母の腕に抱かれ、レイアは身体中から力が抜けたのか、クタクタと崩れ落ちた。先ほどまで夫人が伏していたソファに侯爵がレイアを運び、両親に挟まれる形で座ったレイアは、母に抱きついたまま、流れる涙を必死に拭っていた。

「戻りましたわ、陛下。こちらが獲物にございます」

そんな感動の場面には一切構わず、エリスはにこにこと国王の前で淑女の礼を執った。彼女の後ろには、不機嫌さを隠そうともしない不敬の塊の執事と、決して気を許しそうにない獣のような眼をした魔術師が、礼の形だけを執って国王の前に膝をついている。従者の2人は、国王というよりはブレインに、火花が散るような目を向けている。先ほどから、ブレインが熱のこもった視線をエリスに向けているのが気に食わないのだろう。バチバチと睨み合う息子と若者たちに、青春だなぁと、国王はどうでもいい感想を持った。こいつらに不敬だなんだと咎めるのは、時間と労力の無駄だからだ。

そして。ふよふよと浮いている獲物。多分、今回の犯人なのだろう。色々なところがおかしな形に曲がっているが、おそらく、人間だ。呼吸音は聞こえるので、かろうじて生きているのだろう。犯人が捕まったようでよかったが、あまり見たくないぐらい無残な状態だ。

悪しき誘拐犯だと分かっているが、ほんのちょっぴりだけ、国王は同情した。普通の人間であろう犯人に、騎士団が総力で戦っても勝てないような猟犬を放ったのだ。明らかな過剰戦力だ。猟犬に目を付けられた不運に、同情した。

「あー。エリス嬢。それが今回の獲物か」

「ええ。陛下のご命令通り、ちゃんと生け捕りに致しましたわ」

「あーうん……。生け捕りとは言ったがな。生きているんだよな、これ。随分とボロボロだが」

「もちろんですわ。魔力縄で縛るのがお好きな方でしたので、ちょっと淑女の秘密《コルセット》の模擬体験をしていただいたのですけど。ほんの少しキツめに締めただけで、この体《てい》たらくですのよ」

出来の悪い生徒を見る目で、エリスはふよふよと浮いているドーグに溜息を吐いた。

「え、コルセットってそんな殺人的なものなの？　女性はみんな着けているでしょ。そんなにキツイものなの？　なんだか色々垂れ流しているけど。はぁー。いつも思うけど、女性のお酒落って、凄いねぇ」

思わず素でそんな事を言う国王に、エリスは微笑んだ。

「ええ、陛下。淑女の美は日々の努力と忍耐の上に成り立っていますのよ。女性には言葉を惜しまず、お褒めの言葉をおかけくださいませ」

「おお……。肝《きも》に銘《めい》じよう」

コルセットの紐を解いた事はあるが、締められた事はない国王は、フルリと身を震わせた。あんなに白目を剥いて気絶するほど苦しいものだとは、ついぞ知らなかった。これからは一層、女性たちに敬意を持たなくては。

レイアの無事に湧き立っていたパーカー侯爵家の面々は、ようやく国王の存在を思い出したようだった。慌てて居住まいを正し、家族揃って礼を執る。

「お、お騒がせを」

「よい。娘が無事でよかったな、パーカー侯爵」

「はい」

涙目のパーカー侯爵が、エリスに視線を向け、深々と頭を下げる。

「ラース嬢。娘を助けていただき、感謝する」

「わたくしは何も。陛下のご下命ですもの」

捕縛のついでに助けただけだったが、それはおくびにも出さず、エリスは完璧な笑みでパーカー侯爵に応えた。

「銀髪、銀の瞳って。もしかして、ハル・イジー？　え？　それに、魔法省のエリフィス副長官？　なぜ金髪に？　いや、さっきの光はなんだったんだ？　どうやってここに、しかもレイアを……」

カイトがエリスの傍らに控えるハルとエリフィスに気づき、驚きの声を上げる。わけが分からないといったようにエリスとハル、エリフィスの顔を見比べていた。

「誰だ、コイツ」

ハルが胡乱な目をカイトに向ける。その声を拾って、エリフィスは眉間に皺を刻んだ。

「パーカー侯爵家の嫡男、カイト・パーカーだ。お前の同級生じゃなかったか？　レイア嬢の兄だ。侯爵と同じ法務省に勤めていたな。有力貴族の事ぐらい、頭に入れろ」

エリフィスの忠告を、ハルは鼻で笑う。

「必要ない」

「侯爵家当主となるエリス様をお支えする侍従ならば、高位貴族の情報ぐらい頭に入れていないと、すぐにお払い箱だな」

「覚えた」

小声のハルとエリフィスのやり取りは、幸いな事に、エリス以外の人間の耳には届いていなかった。

「カイト・パーカー。詳しい話は、あとから父より聞くがよい。よいな、エリス嬢？」

見かねた王がエリスに尋ね、エリスは興味がなさそうに頷いた。

「では、あらためて、エリス嬢。此度の件について報告を聞こう」

居住まいを正した国王に、威厳が戻る。命じられたエリスは、微笑んで頷いた。

「このたびの事件の主犯は、このドーグという魔術師ですわ。ドーグ・バレという犯罪組織のリーダーで、主に人身売買を行っているようです。レイア様を狙ったのは、人身売買禁止法の厳罰化を阻止する目的だったようですわ。残りの仲間は、今頃、騎士団が捕まえているでしょう。攫われた人質たちも、無事保護されているはずですわ」

「そうか」

大方はパーカー侯爵と予想した通りの犯行動機だったので、国王はそれほど驚かなかった。

侯爵からの報告によると、法案を取り下げるよう脅迫する手紙が以前から届いており、パーカー家では警戒を強めていたという。

それにしても、こんな短期間で主犯どころか犯罪組織を一網打尽にするなんて、やはりラース侯爵家は優秀なのだと国王は実感した。また、エリスが学園の友人を助けるとは。エリスがなぜこのたびの事件で解決に乗り出したのかは分からなかったが、もしや友人であるレイアのためだったのか。意外に、情に脆《もろ》いところもあるのか。

国王は、そんなエリスの甘い行動に、これまでのラース侯爵家の当主よりも扱いやすいかもしれないと、内心、ほくそ笑んでいたのだが。

「調べにより、王都や他の地域で起こった行方不明事件でも、この組織の関わりが判明しました。事件が起きていたのは、皆、人身売買禁止法の厳罰化に反対の立場を取る貴族家の領地でした。どうやらドーグ・バレを介して、自領の孤児や身寄りのない者、罪人たちを、商品として売っていたので、厳罰化に反対したようですわ」

「ん？」

「そしてこのドーグ・バレですが、どうやらジラーズ王国の第1王子の、子飼い組織らしいのです。被害者たちの多くは、魔力を抜かれたあとはジラーズ王国へ、奴隷や娼婦として売られているようですわ」

「んん？」

いや、ロメオ王国内のどこかの不埒《ふらち》な貴族家が、この誘拐事件のバックにいるかもしれんと予想はしていたが、各地で起きている誘拐事件、とはなんだ。しかも我が国の貴族家が複数関与していて、黒幕はジラーズ王国の第１王子とは？

情報量が多すぎて、国王の背中に冷や汗が流れた。なんだか思っていた以上に、事が大きくなりそうだ。

「国内の貴族家の、悪事の証拠はこちらに。エリフィス？」

エリフィスが国王に恭しく差し出したのは、貴族家から集めてきた悪事の証拠だ。奴隷の売買記録から、奴隷の販売計画書、罪人の量刑をわざと軽くして売り払っていた記録、ドーグ・バレへの協力を約束する血判付きの協定書まで。悪事を働いた全ての貴族家の証拠書類が揃っていた。完璧な仕事ぶりだ、さすがはラース家だなと、王は少し現実逃避をした。

「そして、ジラーズ王国の第１王子が関わっていた証拠は、こちらに。シュウ？」

エリスの求めに応じ、いつものようにラース家の筆頭執事、シュウ・イジーが忽然と現れる。相も変わらず、王宮の結界魔術には寸分の揺らぎも感じられなかった。シュウは不遜《ふそん》な息子とは違い、敬意を込めた優雅な礼を執る。

「御前、失礼致します」

シュウがエリフィス同様、国王へ書類を差し出す。ジラーズ王国の言語で書かれているが、数カ国語を修めている国王にはなんの問題もなく読めた。第1王子からドーグ・バレへの指示書やその他もろもろ。それどころか、強力な第2王子派だったジラーズ王国魔術師団長の殺害指示書まであった。そういえば、あの国の魔術師団長は行方が分からなくなっていたなと、国王はぼんやり思い出した。

「面倒をかけたわね、シュウ。急に隣国の王宮に忍び込んでもらって、申し訳なかったわ」

可愛らしく詫びるエリスに、シュウは目尻に皺を刻み、首を振る。

「主の命とあれば、なんなりと。老骨なれど、いくらかはお役に立てましょう」

隣国の王宮に忍び込んで……、というエリスの言葉の途中で、国王は心の耳を塞いだ。何も聞いていないのだから、なんの問題もないだろう。うん、余は何も聞いていないぞ。

「本当はハルかエリフィスに行ってもらう予定だったのよ。でも、主犯の捕縛に参加するって、2人とも言う事を聞かなくて」

ぷんと頬を膨らますエリスに目を細めながら、淡々とシュウは呟く。

「取ってこい《証拠集め》もできない部下《駄犬》に、詫びのしようもございません。鍛え直しですな」

大方、ハルとエリフィスのどちらもエリスの供を譲らなかったのだろう。出来の悪い部下たちにまとめてお灸《きゅう》を据えなくてはと、シュウは穏やかに微笑みながら頭の中で算段を立てる。

ハルとエリフィスが反射的に守護の魔術陣を強化したが、そんなものはシュウにとってなんの障害にもならない。出来の悪い家人の躾は、ラース家筆頭執事であるシュウの領分なのだ。

「さて陛下。こちらの証拠を揃えましたのは、聞いていただきたいお話があるからでございますの」

にっこり。可愛らしく微笑んでいるのに、まるで氷のように冷たい何かが、エリスから流れ出る。

その笑顔を見て、束の間の幻だったと、国王は悟った。ラース家の次期当主が扱いやすいかも、などと思ったのが間違いだった。分かっていたはずなのに、なぜ慢心してしまったのか。『紋章の家』と王家の約定は、お互いに不可侵。利用できるなどと、考えるだけ無駄だった。

「……ふむ。聞こう」

エリスの冷笑に、内心は何を言われるのかとビクビクしながら、国王は精一杯の威厳をこめて、鷹揚に頷く。

「覚えていらっしゃいますかしら。今から10年ほど前、わたくしの作った魔道具を、王家が派遣した魔術師が盗んだ事を」

構えていたはずの国王の胸が、不規則に波打つ。玉座の肘掛けをぎゅっと握り、国王は言葉もなく頷く。覚えているなんてものではない。国王のトラウマだ。

自分の代になって唯一、ラース家との関係が破綻《はたん》しそうになった事件だ。当時まだ5歳だったエリスの作った魔道具《オモチャ》を、事もあろうに王家の派遣した、監視役の魔術師が騙し取ったのだ。

しかも、その魔道具を悪用して、魔力量の多い子どもたちを次々と攫い、奴隷として売り払ったため、多くの被害者や死亡者まで出した事件だ。これを機に、ロメオ王国では人身売買を一層厳しく取り締まるようになったのだが。当時のラース侯爵家の、特にまだ幼いエリスの怒りは凄まじく、約定が破棄になるかもと、国王は夜も眠れぬ不安な日々を過ごしたものだ。

そこでハッと、国王は気づいた。確か、攫われた被害者の中には、まだ少年だったハル・イジーと、今は魔法省の副長官であるエリフィスがいた。そして、事件の唯一の死亡者は、エリフィスの弟であったと。国王が戸惑うような視線を向けても、ハルもエリフィスも全く揺るがず、貼りつけた笑みを浮かべるばかりだった。

だがなぜ、その事件が今この場で話題に出るのか。確かに、過去の事件と、魔力量の多い者が攫われ、奴隷として売られているという共通点はあるが。

「その時、ご報告致しましたわね。回収された魔道具の数が足りなかったと」

エリスが目を伏せて悲しげにそう告げれば、国王はすぐに悟った。

「今回の事件に、その魔道具が使われていたのか？」

「ええ。魔力縄は耐久性がなくて取り返した際に塵となりましたけど、魔力量を測る眼鏡は回収できましたわ」

エリスが差し出した小さな眼鏡。国王には見覚えがあった。それは、現在、ロメオ王国で使用されている魔力測定器のいわば原型だ。これに幾度となく改良を加えたものが、今は民の命を守る役割を果たしているのだ。

「そうか。10年前の魔術師と今回の主犯は、何か接点があったのかな？」

「そこまでは存じ上げませんが。これで全ての魔道具が回収されました事をご報告致しますわね」

それ以上は王家で調べろという事か。

「それと、ドーグ・バレでは、人から魔力を抜き取って、魔石にする禁呪を行っていたようですわ。この魔石を、あの男が持っていました」

エリスはコロンと不気味な色の魔石を掌《てのひら》に載せて、国王に差し示した。

「これで、剣や杖に魔力付与をして、強化していたようですわね。この魔石1つ作るのに、20人分の魔力が必要らしいですわよ？」

「なっ？」

国王は目の前の魔石に目を奪われる。剣や杖に魔力を付与して強化する。どの国でも、長年研究されているものだ。以前、エリスが自分の護衛と侍女に、魔石で強化した剣や杖を持たせていたが、どちらも国宝級の宝である。この魔石があれば、20人の犠牲が必要とはいえ、魔力の付与に耐えうる魔石が手に入る。

「陛下。この魔石に手を伸ばすのならば、我がラース家と決裂するお覚悟でいらしてくださいませ」

ピタリ、と魔石に手を伸ばした国王の手が止まる。そして、不思議そうな視線をエリスに向けた。そのような人道的な発言は、ラース家にしては珍しかったからだ。

互いに不可侵が守られる限り、ラース家は基本、王家のする事には無関心だ。どんな愚王でも、残虐な暴君でも、ラース家に関わらなければそれでいいという考えなのだろう。

人から魔力を抜き取るというのは、確かに人道的な問題がある。だが、ラース侯爵家がそれほど目くじらを立てる事とは思わない。

訝しげな国王に、エリスは嫣然《えんぜん》とほほ笑む。

「わたくしの魔道具が、誰かを害するのも、傷つけるのも、殺すのも。わたくしがそう認めた時でないと、許せないのです」

エリスは怒っているのだ。10年前、5歳の自分を騙し、魔道具を奪い、好き勝手に使った輩を。エリスの許可なく、エリスの作った魔道具で、人を害した事を。エリフィスの弟という犠牲を出した事を。そんな信用ならない魔術師を派遣した、王家を。

そして今後、エリスの作った魔道具を王家が再び利用し、あの時と同じように犠牲を出すつもりならば、決裂を覚悟せよと、エリスは国王を脅しているのだ。

「ご賛同、いただけますわね？」

「だが……」

確かに、エリフィスや魔法省が作った事になっている魔力測定器は、本当はエリスが作ったものだ。しかし、即答して手放すには、付与魔石の増産は魅力的すぎた。躊躇う国王に、エリスは囁くように告げる。

「ああ、そういえば。以前、陛下に金の卵が産まれるのをお待ちくださいと、申し上げましたわね？」

ダフの剣、ラブの杖を献上させようとした国王に、エリスが言った事だ。金の卵が産まれる前に、鳥を殺してしまう気かと。

「随分とお待たせ致しましたわ」

エリスの合図に、ハルが収納魔法から、豪奢《ごうしゃ》な剣を取り出した。キラキラと煌めく魔石が柄に飾られた、美しい剣だ。

「切れ味が上がる効果と、攻撃力が上がる魔術陣を付した剣ですわ。こちらはどうにか、魔術陣１つに魔石15個まで抑えましたのよ。いかがかしら」

国王は、震える手でエリスから剣を受け取った。

剣を鞘から抜くと、魔術陣がふわりと輝き、魔力が満ちる。なんと力を持った剣かと、国王は瞠目《どうもく》する。

王太子のブレインも、国王の横でキラキラした目を向けていた。先ほどから顔を赤らめちらちらとエリスを窺ってばかりだったが、付与効果を施した剣に釘付けになった。ブレインも王太子として剣を習う身だ。力のある剣に興味は尽きないのだ。

「わたくしの作った剣の取り扱いについては、陛下に一任しますわ。このような不細工《ぶさいく》な魔石で飾った剣など、陛下のご威光を穢《けが》すものになりましょう」

不気味な色合いの魔石を手に微笑むエリスに、国王はゴクリと喉を鳴らし、頷いた。

人から魔力を絞り取った魔石と、人を害する魔獣を討伐して得た魔石。どちらを選ぶかなど、賢王と名高い王には愚問だろう。

付与魔石をあしらったこの武具、どのタイミングで世間に公表するか。他国との取引材料としても、これほど有益なものはない。国王はこれから得られるであろう益に、頬を緩めた。

「よかろう。エリス嬢、大儀であったな。褒美に何を望む」

応えるエリスの目が、するりと細まる。こちらまで凍えるような笑みを浮かべた。

「では陛下。この事件でジラーズ王国へ売られた者たちを、我が国に取り戻してくださいませ。

我が家の意思のないところでもたらされた災厄を、回収したく存じます。そしてこの事件の元凶について、よしなにお取り扱いくださいますよう」

一転、国王はひくりと頬を引きつらせた。なかなかに難しい注文だ。

ドーグ・バレの徹底解明と、被害者の追跡調査。ジラーズ王国では今現在、人身売買は違法ではない。彼の国で合法的に購入した奴隷を買い主から引き取るために、どれほどの費用がかかるのか。

そして第1王子《元凶》の排除。ごたついている隣国への内政干渉にならぬよう、注意しつつ第1王子《元凶》を排除し、第2王子を擁立する。まずは隣国への諜報を厚くしなくてはならない。ロメオ王国が支援する以上、第2王子の見極めも必要だ。推したあとに悪事でぼろが出ては困る。

これらの調査、交渉に、どれほどの人員と費用が必要なのか。ぐぬぬ、と王は呻いた。

だが第1王子《元凶》の非道の証拠類を第2王子へ流し、隣国を叩きつつ世論を味方につければ、なんとかなるか。隣国の次代の王に今から恩を売っておけば、今後の交渉もやりやすくなるだろう。非常に手間がかかり、面倒だが、損はないはずだと、賢《さか》しい王はすぐに決断した。

「よかろう。それがラース家の望みならば、引き受けよう」

王の言葉にようやく、いつものほんわかとした笑みを、エリスは浮かべた。

「一体、何が、どうなっていますの？」

王とエリスの息を詰めるような攻防が終わり、口も挟めずに固まっていたパーカー侯爵家の者たちは、たまりかねたレイアのその言葉で、我に返った。

「これ、レイア。お前が口を挟む事ではない」

パーカー侯爵が慌てて窘めるが、誘拐、監禁、戦闘、そこからの解放と、色々と緊張が続いて興奮状態だったレイアに、その声は届かなかった。

「どうして……、私が懲《こ》らしめようと思っていた悪を、どうしてラース様が捕まえているの？　私、パーカー侯爵家のために、お父様のために、頑張ろうと思っていたのに。こんなの、こんなの、私、バカみたいではないですか」

自分の才能を鼻にかけ、賊を捕まえてやると息巻いていた自分がまるで道化のようで。助けなくてはと必死になっていたエリスに、逆に助けられたのも情けなくて。レイアはボロボロと涙をこぼした。なんて愚かで無様なのか。優秀などと周りからちやほやされて自惚《うぬぼ》れて、結局、自分では何一つ解決できずに敵に捕まり、周囲に迷惑をかけ、家族に心配をかけた。

「……恥ずかしいわ。私、消えてしまいたい」

「まぁ。そんな事、仰らないで、レイア様」

エリスは駆け寄ると、レイアを覗き込む。温かな手に両手を握られ、レイアはドーグ・バレから脱出した時の事を思い出していた。

あの時も。レイアの手を握るエリスの手は、温かで頼もしくて。

「恐ろしかったでしょうに、レイア様は私を守るためにあの男から庇ってくださいましたわ。普通のご令嬢に、出来る事ではありません。貴女はとても勇敢で、そしてお優しい方ですわ」

エリスは心から、そうレイアを褒めた。

「やり方は間違っていたけれど、貴女はお父様のお仕事に誇りを持って、力になりたいと頑張っていらっしゃったではありませんか」

子どものようにべそをかくレイアに、エリスはどこまでも優しい。

エリスは嬉しかった。ドーグに毅然と言い返していた彼女は美しかった。怖くて仕方なかったはずなのに、エリスを守るように庇うレイアに感動した。

エリスは、男でも女でも、美しくて強い者が好きだ。造形だけでなく、所作や内面まで美しいものが。

レイアは気が強く、向こう見ずなところがあるが、他者を守ろうとする心根が美しかった。

そして得体の知れないものをエリスに感じていても、委縮する事も怯える事もなく、ポンポンと文句を言ってくるところは好ましかった。それはまるで、気の置けない友のようで。

「ふふふ。わたくし、レイア様が気に入りましたわ。これからは学園でも、よろしくお願いしますね？」

そうはにかんだ笑顔は、先ほどまでの恐ろしさや近寄りがたい雰囲気が欠片《かけら》も残っておらず、可愛らしかった。だけど。底知れぬ強さと、不覚にも見惚れてしまうほどの冷ややかな美しさは、レイアの脳裏《のうり》に鮮明に残っている。

そんな相手から、あけすけな賛辞と驚くほどの好意を示された。

一瞬で頭が沸騰《ふっとう》したレイアは、真っ赤になった。まるで恋でもしたように、胸が高鳴った。

「な、何を言っているの？　し、知らないわよ。勝手に気に入らないで頂戴！」

恥ずかしさを紛らわすため、キャンキャンと吠える子犬のような可愛いレイアに、エリスは声を上げて笑う。

「ああ。また……」

「ああ、まただな」

そんな2人を見ていた執事と魔術師は、溜息の滲む声で唸る。普段は仲が悪い2人だが、エリスの事になると、2人とも同じように勘が働くのだ。

また1人、エリスが魅了してしまった。

平凡な偽装を脱ぎ捨てれば、エリスの魅力は人を惹きつけずにはいられない。強く恐ろしいものは、同時に抗いがたい美しさを備えているものだから。

しかも今回は、エリスの方もレイアを気に入ってるようだ。ハルとエリフィスから見たレイアは、無鉄砲で警戒心の薄い、甘やかされた令嬢で、どこがいいのかさっぱり分からなかったが、何かしらエリスの琴線《きんせん》に触れたようだ。

王太子とパーカー侯爵家の嫡男も、無駄に色のこもった視線をエリスに注いでいる。パーカー侯爵家の嫡男など、会ったばかりですぐに魅了されているのだから、チョロすぎる。幸いにも、王太子やカイトの存在は、エリスの眼中にはない。だが、不躾な視線にエリスが晒されているのは、我慢がならなかった。

「誰にも、譲るものか」

ハルは誰よりも、強い眼差しをエリスに注ぐ。焦がれて焦がれて、仕方のない人。彼女の側に在る事は、決して譲れない。奪われるぐらいなら、エリスを道連れに、死を選ぶ。

エリフィスは無言で、そんな狂犬を見ていた。そして諦めにも似た色を、その瞳に浮かべた。

終章

国王との謁見の日からひと月あまり経ったあと。エリフィスはラース侯爵家を訪れた。

エリフィスがひと月もラース家を訪れなかったのは、ドーグ・バレの事件のせいだった。王宮内は事件の対応に追われ、魔法省副長官のエリフィスも後処理に忙殺されていたのだ。

美しく整えられたラース侯爵家の庭園で、エリフィスはエリスをエスコートしていた。

珍しい事に、ハル《狂犬》の姿が見当たらなかった。あの執事がエリスの側にいない事は稀だ。微かにヤツの魔力を感じるので、どうせ監視しているのだろうが、エリフィスが、エリスを独占できる機会をみすみす逃すはずがない。

ドーグ・バレは完全に解体された。ドーグをはじめとする構成員たちは全て捕らえられ、粛々と裁きを待っている。隣国の第1王子が関与していたこの誘拐事件は、ロメオ王国内でも大きな騒ぎとなった。事件の発覚により、ロメオ王国からジラーズ王国への厳しい糾弾《きゅうだん》もあって、第1王子はジラーズ王国での支持基盤を大きく損ね、長く続いていた隣国の後継争いは第2王子に軍配が上がった。

第1王子は失脚し、その身はジラーズ王宮内にある王族専用の牢屋に生涯幽閉となった。そうはいっても、失脚した王族が牢屋内で長く生きられた例はない。新しい王が立ってしばらくすると、これまで同様、ひっそりと病死してしまうだろう。

　ロメオ王国内でも、隣国と通じ、国内で違法な人身売買に関わっていたいくつかの貴族家が摘発された。人身売買禁止法の厳罰化の法案が承認された事により、国王の処断は苛烈だった。関与のあった貴族家は全て取り潰しとなり、当主や関わりのあった者は全て斬首、一族も皆平民に落とされ、罪人として強制労働に送られる扱いだ。

　取り潰された貴族家の領地は王家直轄地《ちょっかつち》となり、国王の命を受けた代官に管理されている。処断された貴族の多くは、自領の犯罪者や貧民を隣国に奴隷として売り払っていた事が判明した。そのため、領民にとっても、そんな悪辣《あくらつ》な領主に治められるよりも、国の直轄地になる方が歓迎されたのだ。賢王として名高い国王の庇護《ひご》の下なら、安心出来るのだろう。

　そしてロメオ王国は、ドーグ・バレに攫われた者たちの救済に本腰を入れ始めた。人望のあるジラーズ王国第2王子が後継に決まった事により、隣国もようやく人身売買禁止法の整備に乗り出し、ロメオ国王は、第2王子を次期国王として支持すると表明した。両国の繋がりを強固なものにするため、その手始めとして、ドーグ・バレの被害に遭った者たちを救済する追跡調査を、協力して行う事になった。

レイアの誘拐事件は、何事もなかったという扱いになった。レイアが攫われたのは人目の少ない早朝だった事もあり、パーカー侯爵家の者たちが屋敷内に緘口《かんこう》令を敷いて王家に判断を委ねたため、事件が表に出る事はなかったのだ。これでレイアの評判に傷がつく事もない。

この事件以来、エリスは学園でレイアに気軽に声をかけ、レイアは動揺しながらも普通に対応している。いつの間に2人は仲良くなったのかと、クラスメイトの間では不思議がられていた。レイアも以前は勝ち気で辛辣な言動が多かったが、近頃はすっかり雰囲気が柔らかくなったと、ますます周囲からの人気を高めているようだ。

巨大な犯罪組織の検挙という成果を上げても、ラース家が表に出る事は一切ない。ラース家の人間が功績に興味がない事は分かっているし、王家が隠れ蓑になるのが両者の約定であると理解している。あの腹黒く欲深い王が賢王として称えられるのは気に食わないし、犯罪者の捕縛ぐらいにしか役に立たなかったくせに、英雄として称えられる騎士団も気に食わない。が、エリスがそれでいいというのならば、エリフィスには特に異論はない。

またこれで、幼いエリスが作った魔力縄と眼鏡は全て回収された。今後、誰かにエリスの魔道具が悪用される事はない。ようやく主人の憂いを晴らす事ができたと、エリフィスは満足していた。

事件は、解決したはずだというのに。

エリスは困ったように微笑んでいる。エリフィスを見つめる目は慈愛に満ちていて。

そしてどこか、憂いを含んだままだった。

「まだ解決していない事があるわ」

微笑むエリスにそう言われ、はて、とエリフィスは首を傾げた。ドーグ・バレもそれに関連する者たちも、1人残らず捕らえたはずだ。取りこぼしはない。被害者たちも王家が責任を持って救済すると断言している。一体、何が解決していないというのか。

エリスはエリフィスの疑問に答えるように、ゆっくりと指を折りながら一つ一つ、丁寧に挙げていく。

「わたくしの魔道具を勝手に利用したドーグ・バレ。ドーグ・バレを利用していた隣国の第1王子。第1王子と繋がっていたロメオ王国の貴族家。全ての元凶である、あの詐欺魔術師を派遣した王家」

エリスの笑みは冷たくなる。欠片の温もりも感じられぬその顔に、エリフィスは恐怖と高揚を覚える。

エリスは懐に入れた者への情は深い。大事に守り、溢れんばかりの愛情を注ぐ。美しく、情熱と才能に溢れ、努力を惜しまぬ者を好むようだが、彼女のお眼鏡に適《かな》うのは難しい。彼女に愛される者は、それだけの価値と能力がある者なのだ。

半面、エリスの目に留まらなかった者は、塵芥《ちりあくた》と同じ扱いだ。名すら覚えてもらえず、どうなろうと気にもかけない。そんな輩がエリスに手を出せばどうなるか。目障りで有害な虫がいれば叩き潰すのと同じように、一片の慈悲もなく、容赦なく葬るのだろう。

「それぞれに相応のお返しはしたつもりよ。ドーグ・バレは解体の上、構成員は全員処刑に。黒幕の第1王子は失脚。第1王子と繋がっていた貴族家は取り潰し。王家には牽制と、面倒な事後処理を押しつけたわ」

エリスの話を聞きながら、彼は混乱していた。全ての問題は解決したはずだ。エリスを煩わせるものは全て、排除したはず。一体、何を見落としているのか。

理由が分からず、エリスの不興を買ったのかとビクビクするエリフィスを、エリスは母親が子にするように、優しく撫でた。

「でもね、まだ罪を償《つぐな》うべき者がいるの」

優しい仕草に安心して緊張を緩めていたエリフィスは、続いた言葉に衝撃を受けた。

「それは、わたくしよ。エリフィス」

エリスとエリフィスの間を、軽やかに風が抜ける。

「わたくしは、魔道具を作り、その管理を怠《おこた》ったわ。そして、管理を怠ったわたくしを教育するために、なんの手も打たなかったラース侯爵家」

エリスの魔道具を盗んだのは、王家から派遣された魔術師だった。ラース侯爵家の開発したものを余す事なく手に入れたい王家が、監視のために派遣した魔術師。それゆえ、エリスは油断した。王家の監視者が、悪事を働くなんて思いもしなかった。当時まだ幼かったエリスは、そこまで人間を疑う事がなかった。だから魔術師に、無防備に魔道具を手渡したのだ。

「ラース家は、魔術師の悪心を知りながらその行動を黙認したわ。魔道具が悪用されれば、どれほどの被害をもたらすかも分かっていて、わたくしにラース家が他に与える影響力を自覚させるために黙認したの」

権力に興味はないとはいえ、ラース家は貴族だ。力のない者が犠牲になろうとも、そこに益があれば躊躇はしない。もしもラース家が、魔術師の企みをあらかじめ阻止していれば、10年前の事件は起こらずに済んだだろう。だが、エリスを育成していたラース家は、わざと魔術師を野放しにしたのだ。

エリスに悪意を理解させるために。

「そしてその結果、貴方の弟は死んでしまったわ」

「それは……」

エリフィスの脳裏に、小さな弟の姿が浮かぶ。どれほど年月が経とうと、エリフィスの中から消える事はない存在。

「わたくしがあんな魔道具を作らなければ。そして、騙し取られるなどと愚かな真似をしなければ。貴方も弟も、あの魔術師たちに攫われる事もなく、貴方の弟が死ぬ事もなかったのよ」

淡々と、エリスは語る。抑揚のない声には、深い悔恨が感じられた。

「エリフィス。わたくしは、貴方の弟を守れなかったなどと、綺麗事を言うつもりはないわ。わたくしは貴方の弟を知らないから、死なせてしまって悔いているなどと、嘘は吐けないの」

エリスにとって、興味のない者は塵芥と同じ存在だから。

清々《すがすが》しいまでの主人の言葉に、エリフィスは苦しさを覚えた。弟を軽んじられて悔しいなどという、そんな簡単な感情ではなかった。エリスだけでなく、弟を覚えている者など誰もいない。それぐらい、弟が小さくて取るに足らない存在だった事が、哀《かな》しかった。

「魔道具を騙し取られた事は、わたくしにとって初めての失敗だったの」

初めはただ、折角作った魔道具を騙し取られて、悔しいという気持ちだった。自分の魔道具を自分の許可なく好き勝手に使う連中が許せなかった。魔道具のせいで、捕らえられ、売られた者がいたと知っても、なんとも思わなかった。あの時、エリフィスの弟を見るまでは。

エリフィスの弟は、まだ小さな子どもだった。それが、汚い床の上で、縮こまって、冷たく固くなっていた。回復魔術でも治らない、エリスが初めて生身で感じた死だった。

恐怖を感じたわけではない。罪悪感もない。貧しい者が亡くなるのは知識として知っていた。だが、エリスの魔道具が、エリスの預かり知らぬところで勝手に人の命を奪うなど、酷い屈辱だった。己の作った魔道具1つ管理できなかった事に、自分自身に、深い失望を感じた。

それをまざまざと感じさせたのが、物言わぬエリフィスの弟だった。小さな亡骸が、エリスの失敗と愚かさを嘲笑っているようだった。

「愚かなわたくしを罰するのは、お前でなくてはいけないと思ったの」

エリフィスを手元に引き取り、育てる事にしたのは、そのためだった。いつか。エリフィスが大きくなり、弟の仇を取りたいと望むのなら。

エリスはエリフィスの手を取り、自分の首に導いた。白く、細い、エリスの首。初めて触れたそこは、柔らかく温かで、少し力を込めただけで、折れてしまいそうなほど華奢だった。

「だからね、エリフィス。わたくし、貴方をあの場所から連れ帰った時から、決めていたの。貴方をわたくしの手で育てようと」

エリスの髪がサラリと手に触れる。エリスの瞳に、もう憂いはなかった。満足げに、強く輝いている。

「わたくしを殺す事ができるぐらい、強く育てようと」

「エリス様！」

驚きに、エリフィスの目が見開かれる。反射的に引いた手を、エリスは柔らかく掴む。

「そんな、そんな事は、私は望んでいません！」

息苦しくも絞り出した言葉に、エリスは、微笑みを深くした。

「ねぇエリフィス。可愛いわたくしの大事な子。わたくしが憎いのなら、わたくしを殺してもいいわ。お前がそう望むのなら、わたくしはその望みを叶えてあげたいの」

元々魔力量が多く、才能のあったエリフィスは、エリスの予想以上に強くなった。

これなら、エリスを殺した事でラース家と袂《たもと》を分かつ事になったとしても、1人で生きていけるはずだ。

「お前の唯一の家族を死なせたのは、わたくしよ」

家族というものは、不思議なものだ。自分の事など気にかけていないと思っていたハリー《兄》が、エリフィスの望みを叶えようとするのを、案じていた。理屈では割りきれない、情というものが家族にはあるのかもしれない。

エリフィスはエリスを慕ってくれている。だが大事な家族を死なせた元凶でもあるのだ。エリフィスの中に、少しでもエリスを恨む気持ちがあるのなら、それを晴らしてあげたかった。

「……」

家族と言われて、エリフィスの脳裏に、弟の最期《さいご》の姿が浮かぶ。忘れた事など、一度もないのは確かだ。

だけどエリフィスにとって誰よりも鮮やかなのは、目の前の主人だけなのだ。弟とエリス。どちらを取るかと言われたら、なんの迷いもなくエリスを選ぶ。その事に、強い罪の意識を感じた。

ああ、だって、俺は。弟を。

「……違います、俺は、俺はっ」

エリフィスはエリスの手を振り払って、頭を抱えた。

「俺は、優しい兄ではなかったのです。身体が弱かった弟が、嫌いだった。鬱陶しかった。あいつが縋ってくるから、仕方なく一緒にいたんです」

生まれた時から、ゴミみたいな存在だった自分たち。いつから一緒だったのか分からない。親の顔も知らず、お互いの名前すら知らなかった。弟は俺を兄ちゃんと呼び、俺は弟をなあとか、おいとか呼んでいた。毎日、毎日、住む場所もなく、食べるものもなく、ただ生きているだけで精一杯だった。

弟がいなければと、何度思った事だろうか。コイツがいなければ、もっと腹一杯食えるのにと思った。住み込みの仕事を見つけ、ようやくこんな生活から這い上がれるかと思っても、弟の病気がうつるかもしれないと言われてクビになった。路地裏の雨風をしのげる場所で寝ていると、弟の咳がうるさいと追い出された。寒い中、弟を背負い、腹を空かしてどこにも行けずに彷徨って。コイツがいなければ、もう少し楽だっただろうなんて考えて、背中から振り落としたくなるのを我慢していた、薄情な兄だった。だから。

「でも、お前は弟を忘れていないでしょう」

罪悪感で一杯だったエリフィスの胸に、ズキンと痛みが走り、たまらず、エリフィスは胸を押さえた。初めて感じた、知らない痛みだった。

確かにエリフィスは弟を忘れる事ができない。今がどれほど恵まれていて、幸せだと思っていても。忘れる事はない。

弟が嫌いだった。鬱陶しかった。捨てたかった。楽になりたかった。だけど。1つのパンを2人で分け合って食べた。固いパンなのに、2人で食べれば、美味しく感じた。

寒い夜は体温を分け合うように、抱き合って眠った。咳の止まらない弟が、俺を起こすたびに、ごめんね、ごめんねと謝っていたから、気にするなと頭を撫でた。小さな弟の身体は細くて頼りなかったけど、とても温かかった。

路地裏から2人で見上げた月は綺麗だった。手に取りたかったのだろうか。弟は月に手を伸ばして、精一杯背伸びをしていた。

少ないけれど、楽しい思い出には、いつも弟がいる。

嫌いだったし、鬱陶しかったし、捨てたかったし、楽になりたかった。

だけど、弟の事を忘れたいと思った事は一度もない。

気づけば、エリフィスは泣いていた。

弟が死んで、初めて、弟を想って泣いた。

弟はなんのために生まれてきたんだろう。生まれた時から何も持っていなくて、ずっと病気で苦しんで。家族だって、こんな薄情な兄しかいなかった。

俺は今、エリス様に出会って、腹一杯食べて、温かな寝床があって。学んで、成長して、仲間もできて、天職とも言える魔術師になれて。毎日が楽しくて、充実しているのに。

そんな輝くような幸せを一つも知らないまま、弟は死んでしまった。

弟が生きていたら。一緒にいたら。あいつもこんな幸せを知る事ができたかもしれないのに。

主人の肩に縋って、エリフィスは嗚咽した。長く固まっていた悲しみと後悔と寂しさと苦しさが、初めて、エリフィスの中から流れ出たようだった。

泣くエリフィスを、エリスは何も言わず、抱き締めていた。


「私は、貴女を罰する事も、殺す事も、望んでいません」

やがて泣きやんだエリフィスは、エリスの傍らに跪くと、眩しいものでも見るように目を細めて、断言した。

現在の自分が在るのは、全てエリスとラース家のお陰なのだ。もしあの時、あの魔術師に捕らえられなかったとしても、兄弟２人、いつまで生きながらえただろうか。弟は冬を越せたか分からないし、自分だってあんな環境で、長く生きられたとは思えない。それぐらい、あの頃の自分たちに、死は身近なものだった。

「ラース侯爵家にも、ご恩こそあれ、叛意など……。私は生涯を我が君と、ラース家に捧げたいのです」

それがエリフィスの嘘偽りのない気持ちだった。弟の仇を取るなど、この薄情な兄に資格があるはずもない。弟を疎《うと》んじ、守れなかった後悔は、全て自分が背負わなくてはならないものだ。一連の事件の解決を願ったのは、自責の念を軽くしたいがための、エリフィスの身勝手な我儘だったのだから。

そしてこれ以上、ドーグ・バレやジラーズ王国の犠牲になる者を増やしたくなかった。おぞましい事件に利用される魔道具を取り戻し、エリスの憂いを払いたかったからなのだ。

「ですがエリス様。もし、私に何か報《むく》いてくださるというのなら」

小さく頼りない弟の姿が目に浮かぶ。綺麗な月に手を伸ばし、届かないと悲しげに諦めた顔。

何一つ手に入れずに、死んでいった、小さな弟にせめて。

エリフィスが一番嬉しかったものを、弟にも与えたかった。

「どうか、弟に名を」

名を与えてもらった時の、あの、身体に温もりが染み入るような幸せを。

初めて名乗った時の、心の底からの誇らしさを。

「私に付けてくださったように。弟に、名をくださいませんか」

そうして貴女の中に、私と共に弟を生かす事を許して欲しいと、エリフィスは切に願うのだった。

◆◇◆◇◆

弟の墓に刻まれた名を愛しげになぞり、エリフィスは墓に花を供える。

丘の上の、景色のいいその場所に建てられた弟の墓は、平民の墓にしては豪奢だ。ラース家がせめてもの償いとして建ててくれたものだ。

弟の墓参りには欠かさず来ているが、エリスに名をもらってからは初めてだ。

不思議と、弟が嬉しそうに笑っているような気がして、エリフィスの心に温かなものが宿る。

しばらくの間、弟の記憶を思い返していたが、やがてそれが尽きると、「また来る」と小さな声で伝え、エリフィスは墓を後にした。

帰り道、どこからともなく甘い花の香りがして、エリフィスは自然とエリスの事を想った。

あの時、エリスに「殺してもいい」などと言われて、エリフィスは心底驚いた。だが、それ以上に、エリスが深い情をエリフィスに掛けてくれた事が嬉しかった。母親が我が子に注ぐような無償《むしょう》の情を、エリスはエリフィスに与えてくれる。

でもそれは、あくまでも親子のような「情」だ。エリスは、「命」は与えてくれるかもしれないが、エリフィスが望む形の「愛」は、向けてくれないのだろう。

エリスの視線はいつも。エリスだけしか見ていない、あの狂犬に向けられている。どれほど努力しても、どれほど成果を上げても、あの男以上の視線をエリフィスに向けてくれる事はないのだ。

だがエリフィスはそれでもよかった。自分の想いが生涯叶わなくても。エリフィスの唯一は変わらずエリスであり、エリスはそれを許してくれるのだから。

それにエリフィスは1つだけ、あの男に勝つ事ができた。

エリフィスはふふふと、笑みを浮かべる。

我が君の、憂いを晴らしたのは自分だと、心の底から誇る事ができて、幸せだった。

あとがき

この度は、「平凡な令嬢 エリス・ラースの日常」を読んでいただき、ありがとうございます。

本作は、私の二冊目の作品となります。初めての作品「追放聖女の勝ち上がりライフ」と同様、今回もツギクルブックス様にお世話になりました。いつも締め切りギリギリで、時々ぶっちぎってしまい、申し訳ない気持ちで一杯です。スケジュール管理が出来ない自分の大雑把さが申し訳ないです。いつもありがとうございます、ツギクルブックス様。でも性格なので治せません。反省はしております、海よりも深く。でも治らないと思います。

今回の作品も、『小説家になろう』で投稿していた作品です。そこで、様々な感想を読者様より頂きました。『題名を見て素通りしていた』とか、『どこが平凡だ』とか、『平凡な令嬢の日常のほっこり話だと思っていた、全然違った』などなど。この作品は、書き上げた後、タイトルで悩みました。色々考えて、主人公のエリスが、平凡をこよなく愛する令嬢なので、タイトルも数多の作品に埋もれてしまうような平凡なものにしてみようと思い、このタイトルになりました。タイトルから擬態です。それでも多くの方に目を止めていただき、お陰様で書籍化させていただきました。感謝しております。

今回イラストを担当して頂いたのは羽公様です。カバーイラストや登場人物たちの格好良さに、不審者の様に浮かれてしまいました。そしてハルのオールバックに注文を付けました。絵心がないくせに、プロの仕事に文句を付けるなど、その節は大変失礼いたしました。でも、オールバックはぴっちりしたのが好きなのです。お聞き届けいただき、ありがとうございました。お陰様で、書いていた時のイメージ通りのハルを目にすることが出来て、幸せです。お願いして良かった！

本作品は、平凡を愛する、やたらと強い主人公が無双する物語です。そんな主人公が、迷い、悩みながら決断し、生きていくお話です。強くても弱くても、悩み、失敗し、悔いるのは誰でも同じなのだなと思いながら書いていました。

それでは。本を手に取ってくださった皆様の、愛すべき平凡な日常の中で。このお話がほんの少しのスパイスになれば幸いです。

まゆらん

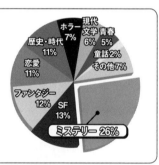

婚約者が明日、
著：櫻井みこと
イラスト：カズアキ
結婚するそうです。
そんな婚約者は、お断り！
勇者様と
幸せな生活を謳歌します！
王都から遠く離れた小さな村に住むラネは、５年前に出て行った婚約者が
聖女と結婚する、という話を聞く。もう諦めていたから、なんとも思わない。
どうしてか彼は、幼馴染たちを式に招待したいと言っているらしい。
王城からの招きを断るわけにはいかず、婚約者と聖女の結婚式に参列することになったラネ。
暗い気持ちで出向いた王都である人と出会い、彼女の運命は大きく変わっていく。
不幸の中にいたラネが、真実の愛を手に入れる、ハッピーエンドロマンス。
定価1,320円（本体1,200円＋税10%）　978-4-8156-1914-5
ツギクルブックス
https://books.tugikuru.jp/

転生貴族の優雅な生活
著 綿屋ミント
イラスト 秋吉しま
これぞ異世界の優雅な
貴族生活!
本に埋もれて死んだはずが、次の瞬間には侯爵家の嫡男メイリーネとして異世界転生。
言葉は分かるし、簡単な魔法も使える。
神様には会っていないけど、チート能力もばっちり。
そんなメイリーネが、チートの限りを尽くして、男友達とわいわい楽しみながら送る優雅な貴族生活、
いまスタート!
定価1,320円（本体1,200円＋税10％）　ISBN978-4-8156-1820-9
ツギクルブックス
https://books.tugikuru.jp/

二人キャンプしたら異世界に転移した話
著 トロ猫
イラスト むに
1〜3
異世界のソロキャンプって本当に大変！
双葉社でコミカライズ決定！

ツギクルブックス

愛読者アンケートに回答してカバーイラストをダウンロード！


愛読者アンケートや本書に関するご意見、まゆらん先生、羽公先生へのファンレターは、下記のURLまたは右のQRコードよりアクセスしてください。

アンケートにご回答いただくとカバーイラストの画像データがダウンロードできますので、壁紙などでご使用ください。

https://books.tugikuru.jp/q/202305/erisu.html

本書は、「小説家になろう」（https://syosetu.com/）に掲載された作品を加筆・改稿のうえ書籍化したものです。

平凡《へいぼん》な令嬢《れいじょう》 エリス・ラースの日常《にちじょう》

2023年5月25日　初版第1刷発行
2023年6月 1 日　初版第2刷発行

著者　まゆらん

発行人　宇草 亮
発行所　ツギクル株式会社
〒106-0032　東京都港区六本木2-4-5
TEL 03-5549-1184
発売元　SBクリエイティブ株式会社
〒106-0032　東京都港区六本木2-4-5
TEL 03-5549-1201

イラスト　羽公
装丁　ツギクル株式会社

印刷・製本　中央精版印刷株式会社

ISBN978-4-8156-1982-4
Printed in Japan